Stephan Lohse

DAS SUMMEN UNTER DER HAUT

Roman

Insel Verlag

Die Arbeit an diesem Roman wurde durch ein Sonderstipendienprogramm der Senatsverwaltung für Kultur und Europa in Berlin ermöglicht.

Klimaneutral
Druckprodukt
ClimatePartner.com/14438-2110-1001

Erste Auflage 2023
Originalausgabe

Umschlaggestaltung: Designbüro Lübbeke, Naumann, Thoben, Köln
Satz: Greiner & Reichel, Köln
Druck: CPI books GmbH, Leck
Printed in Germany
ISBN 978-3-458-64389-0

www.insel-verlag.de

DAS SUMMEN UNTER DER HAUT

Was passiert ist, ist passiert. Mehr kommt jetzt nicht.
Maik Klingenberg

1

Vielleicht liegt es an seinen Brustwarzen. Sie haben ihn in die Mitte genommen, er liegt auf den Kanten ihrer Handtücher. Ihre Füße wippen, ihre Ellenbogen bohren sich ins Gras, ihre Schultern berühren sich. Sie lachen über etwas, was er gesagt hat. Ich habe es nicht verstanden, ich lache aber auch. Das Rauschen der schwarzen Tannen am Zaun verschluckt es. Mein Handtuch ist mir peinlich. Ein Badezimmerhandtuch, zu schmal fürs Freibad und zu weiß, die farbigen Streifen sind verblasst, es ist hart vom häufigen Waschen. Meine Mutter hat es eingepackt. Zum Glück ist meine Badehose in Ordnung. In einer kleinen Tasche mit Reißverschluss kann man den Schlüssel für den Schrank verstauen. Ich versuche, mit meinem Körper mein Handtuch zu verdecken. In der Kuhle auf meinem Rücken juckt der Schweiß. Ich liege abseits, auch wegen Claudia, niemand will direkt neben ihr liegen, keiner weiß so richtig, warum.

Vielleicht liegt es an seinen Brustwarzen. Sie sind winzig. Kleiner als Rüdigers, kleiner als Guidos, kleiner als meine. Und viel kleiner als die von Matthias aus der Parallelklasse. Die sehen wie Untersetzer aus, wie rosa Gummideckchen, in der Mitte gewölbt. Matthias ist dick, aber keiner sagt was, weil er Diabetes hat und Punkte auf dem Bauch von den Spritzen. Vielleicht liegt es an seinen Haaren. Sie sind hell und nach der Dusche struppig. Blonde Büschel. Auf seinen Armen sehen sie wie Stroh aus, wie Halme, die im Sand stehen. Vielleicht liegt es daran, dass er schön ist.

Axel ist vor kurzem hergezogen und neu in der Schule. Wir kennen ihn seit achtzig Stunden oder 4800 Minuten oder 288 000 Sekunden. In der ersten Stunde am Dienstag, Bio bei Herrn Stahnke, Mitose und Meiose, hat Dr. Lachmann Axel in die Klasse gebracht und, ohne ihn uns groß vorzustellen, gesagt, er solle sich einen Platz suchen, und: »Hallo. Guten Morgen 8 b. Ausgeschlafen?« Dr. Lachmann leitet neben der Schule auch die Theater-AG und ist extrem locker. Manchmal geht er in der Pause zu den Rauchern aus der Oberstufe und schnorrt sich eine Zigarette. Er trägt Schlaghosen und hört Popmusik, nicht nur Schubert oder Brahms wie die anderen Lehrer. Wir sind ein musisches Gymnasium. Wir spielen alle ein Instrument und kennen sämtliche italienischen Tempobezeichnungen. Axel hat sich in die vorletzte Reihe gesetzt, auf den freien Platz neben Guido, rechts schräg hinter mir. Ich sitze in der vorvorletzten Reihe. Auf die Frage von Herrn Stahnke, wie er heißt, hat er »Peschke« geantwortet und auf die Frage, ob das wohl sein Vor- oder Nachname sei, »Nein« und erst nach einer Pause, vielleicht weil sich alle außer Claudia nach ihm umgedreht haben, »Axel«. »Und welches Instrument spielst du, Axel?« Das fragen bei uns alle Lehrer. »Geige«, hat Axel gesagt, und es klang wie »Leck mich«. Er hat sich umgesehen und nach einem Mikroskop gefragt. Wir hatten gerade angefangen, Zwiebelhäutchen zu mikroskopieren, und versucht, im Glibber die Zellkerne zu erkennen.

Von den achtzig Stunden waren zweiundzwanzig Stunden Unterricht. In diesen zweiundzwanzig Stunden habe ich, weil ich mich ja schlecht umdrehen konnte, versucht, Axel mit dem Rücken wahrzunehmen. Meine rechte, ihm zugewandte Seite wurde zu einer Art Antenne. Keine Antenne, wie man sie kennt, mit Stäben und Drähten, eher eine empfindliche Fläche, die summend warm wurde. Als würde sich mein Gehirn in dieser Fläche befinden und sie aufheizen. Habe ich Axel in der Pause irgendwo stehen sehen, habe ich in eine andere Richtung geblickt. Oder was im Ranzen gesucht. Oder so getan, als würde ich was beobachten. Oder mich gekratzt. Eigentlich zahlt der Staat dafür, dass ich in der Schule etwas lerne. In diesen zweiundzwanzig Stunden war das aber rausgeschmissenes Geld.

In den achtundfünfzig Stunden, in denen wir keinen Unterricht hatten, habe ich an nichts anderes denken können als an Axel Peschke. Ich habe in den Buchrücken meiner Eltern, in der Suppe zu Mittag, im Obst zum Nachtisch, in meinen Wasserfarben, meinen Hemden und Hosen, sogar in meinen Schulsachen, in unserem Garten, in den Gärten am Hang, im Mercedes auf der Einfahrt von Sierkes und dem verbeulten Ro 80 auf der Straße, selbst im Himmel, als am Abend ein Gewitter aufzog und die Wolken sich wie Schwefel färbten, die Farbe seiner Haare erkannt.

Morgens bin ich in die Schule gerast, im siebten Gang, wenn die Kette gehalten hat, und habe mich, manchmal schon um zwanzig vor acht, entweder am Kiosk postiert, weil man von dort ungesehen die Einfahrt zum Schulparkplatz überblicken kann, durch die nicht nur die Schüler mit den Fahrrädern kommen müssen, sondern auch die, die die U-Bahn nehmen, oder ich bin auf den Parkplatz rauf und habe einen Lehrer, der seinen Wagen eben geparkt hatte, in ein Gespräch verwickelt und ihm dabei über die Schulter gesehen, oder ich habe am Fahrradständer herumgestanden und so getan, als würde mein Fahrradschloss nicht aufgehen. Zweimal hat es funktioniert. Einmal hat Axel auf den Boden gesehen, einmal hat er einem Mädchen schweigend bei etwas zugehört.

Auch im Unterricht sagt er nicht viel. Falls aber doch, dann mit einer Stimme, die zwar nicht tief ist, einem aber tief erscheint. Eine Zukunftsstimme, eine, von der man jetzt schon weiß, wie sie einmal klingen wird. Wenn er spricht, kommt es mir vor, als hörten wir anderen auf, Galgen in die Tische zu ritzen oder eckige Herzen. Nur Andi findet Axel bescheuert. Er findet Neue immer bescheuert, angeblich, weil er sich die Sitzordnung neu merken muss, weshalb ihm wahrscheinlich auch nicht auffällt, dass Claudia vergisst, sich mit der Spitze ihres Zopfes ins Auge zu stechen, was sie sonst ständig tut, und Natalja ihren Kopf in den Nacken wirft und Axel anlacht, obwohl sie eine Zahnspange trägt, an der manchmal noch Essensreste hängen, von Kohlroulade zum Beispiel.

Jetzt liegt Natalja rechts neben Axel auf einem Leinenhandtuch und saugt sich das Duschwasser aus den Haaren. Links liegt Guido auf einem großen Badetuch. Er hat am Stand eine Tüte Chips besorgt und teilt sie sich mit den anderen. Rüdiger, der zur Hälfte auf Guidos Handtuch liegt, sagt, er würde nie im Leben vierzig Pfennig für ein paar fettige Kartoffelscheiben ausgeben. Sein Mars bestehe aus Schokolade, aus Karamell und zusätzlich aus einer luftigen Creme.

»Aber es schmeckt überall gleich«, sagt Guido. »Die Chips schmecken hier aber besser als anderswo.«

»Und warum?«, fragt Natalja und schafft es, selbst bei einer so langweiligen Frage Axel anzulachen.

»Wahrscheinlich wegen dem Chlor«, sagt Guido. »Danach schmeckt alles wie neu.«

»Und warum mein Mars dann nicht?«

»Weil es zu süß ist«, sagt Guido. Er rollt die Chipstüte ein und schiebt sie unter sein Badetuch.

»Oder weil es viel zu heiß ist«, sagt Natalja, räkelt sich und seufzt.

Claudia sagt, und ich glaube, sie meint mich, zumindest sieht sie in meine Richtung, wenn auch irgendwie über mich hinweg, sie könne sich vorstellen, dass in ihrem Eis Holzstückchen seien. Für Krokant seien die Krümel in der Masse zu hart. Ich tue so, als würde ich sie wegen des Abstands zwischen uns nicht hören. Es wird still. Nur die schwarzen Tannen rauschen in den Kronen ihr Nadelgeflüster. Irgendwann sagt Axel, er glaube, dass Claudia recht haben könnte. Die Pfirsichstücke im Pfirsichjoghurt seien ja zum Beispiel auch kein Pfirsich, sondern eingeweichte Baumrinde, weil die Lebensmittelindustrie lügen und mit solchen Tricks Geld sparen würde.

Während ich darüber nachdenke, warum es billiger sein sollte, Bäume zu entrinden, die Rinde in Würfel zu zersägen, die klein wie Pfirsichstücke sind, sie in Zuckerwasser einzuweichen, mit Joghurt zu verrühren und in Becher abzufüllen, springen die anderen von ihren Handtüchern auf und rennen wie auf einen geheimen Befehl über die ausgetrocknete Wiese, staksen wie Störche durchs eiskalte Duschbecken und spritzen sich gegenseitig nass. Axels Zukunftsstimme überschlägt sich. Sie rempeln sich an, springen vom Beckenrand, klatschen ins

Wasser, und Matthias, der für den Weg länger gebraucht hat, macht eine Arschbombe. Sie bekommen extrem viel Ärger mit dem Bademeister.

Ich will ihnen nach, doch ein weiterer Befehl hält mich zurück. Er kommt aus den schwarzen Tannen. Das Rauschen will, dass ich sie lasse. Sie haben schon Spaß. Ich suche mir einen Weg zwischen den Handtüchern und verschwinde im Gebüsch. Es gibt einen Trampelpfad, den man nehmen kann, wenn man nicht durchs kalte Duschbecken möchte. Auf der anderen Seite tänzle ich auf Zehenspitzen über die heißen Platten. Am Einstieg im Nichtschwimmerbereich sind sie nass und riechen stumpf nach Stein. Ich steige Stufe für Stufe die Leiter ins Schwimmerbecken hinab, dann tauche ich unter. Auf den Kacheln am Grund liegt ein Schrankschlüssel, zum Glück ist es nicht meiner. Ich lasse mich an die Oberfläche treiben und schwimme einige Bahnen Brust mit Ausatmen unter Wasser. Ich muss Badekappen ausweichen, die mit Gummiblumen geschmückt sind oder gerüschtem Tüll. Ein Junge trägt eine Kappe mit Rallye-Streifen. Ich kann gut schwimmen und bin fürs volle Freibad eigentlich zu schnell. Als ich vom Ausweichen genug habe und aus dem Becken will, steht Axel neben der Leiter. Sein Körper hat im Gegenlicht einen flimmernden Rand. Er reicht mir seine Hand und zieht mich nach oben. »Du hast einen blauen Fleck auf der Schulter.«

»Ich weiß«, sage ich mit Piepsstimme. »Das war Pech. Da hat mir mein Cousin Kickboxen gezeigt.« In Wahrheit habe ich vor ein paar Tagen bei uns im Flur aus irgendeinem Grund das Gleichgewicht verloren und bin gegen die Garderobe gefallen. Meine Schwester ist an mir vorbeigegangen und hat mit den Schultern gezuckt. »Der ist da voll mit dem Fuß drauf«, sage ich. Ich habe gar keinen

Cousin. Nur einen sehr jungen Onkel. Er ist dreieinhalb Jahre älter als ich und war schon mal auf Bali. Er macht kein Kickboxen. Er spielt Poolbillard. Ich sehe Axel an, und es geschieht nichts in meinem Gesicht. Es fällt mir leicht zu lügen. Das war schon immer so.

»Abgefahren«, sagt Axel und, während die Sonne auf seiner Haut flimmert: »Julle.«

Das Freibad wird unscharf. Die Kinder werden unscharf. Der Bademeister. Die ausgetrocknete Wiese. Der Stand, an dem man Chips und Süßigkeiten bekommt. Alles wird unscharf. Auch Axel Peschke und seine winzigen Brustwarzen werden unscharf. Denn eigentlich nennen mich nur meine Freunde Julle.

2

Ich spiele auch Geige. Sogar im Quartett. Meine Mutter möchte, dass ich täglich zwanzig Minuten übe. Nachdem ich eine Zeit lang leere Saiten gespielt habe, weil das nach Musik klingt, ohne sich viel Mühe geben zu müssen, bohre ich den ersten Finger ins Griffbrett und schüttle mein Handgelenk. Der zweite Finger hat einigen Abstand zum ersten, diese Position ist schwer zu treffen. Der dritte ist mein Lieblingsfinger. Beim vierten Finger wimmert der Ton, weil der Winkel zum Brett nicht stimmt. Ich hasse es. Meine Mutter meint, ich sollte auf Bratsche umsteigen, da sei die Konkurrenz nicht so groß. Sie findet, dass wir uns im Quartett nicht auf den Füßen stehen sollten. Was bitte hat sie für eine Vorstellung von einem Quartett? Sie verwechselt Moll mit Dur und hält Oboe und Klarinette für dasselbe Instrument. Trotzdem glaubt sie, dass das Erlernen eines Musikinstruments für die geistige Entwicklung ihrer Kinder von elementarer Bedeutung sei. Elementar, sagt sie und lässt meine Schwester Etüden auf der Querflöte spielen. Das Mundstück ist total vollgeleckt, im Flötenkasten riecht es nach Spucke. Anfangs mochte ich es noch. Frau Erdmann, meine erste Geigenlehrerin, hat mir beigebracht, dass mein Körper ein schöner Rosenstock ist, dessen Zweige in den Himmel greifen, und man das linke Handgelenk beim Spielen locker lassen muss, weil man sonst, wenn man später Berufsgeiger ist, das Vibrato nicht vernünftig hingewackelt bekommt. Doch dann ist sie nach Indien ausgewandert, um aus dem ewigen Kreislauf des Samsara auszubrechen. So hat sie es ausgedrückt. Ich habe sie gebeten, mir das ins Übungsbuch zu notieren. Ihre Nachfolgerin hieß Frau Petersen. Sie trug eine Hornbrille im Pferdegesicht. Ich habe immer weniger geübt und immer häufiger geschwänzt. Im Dezember, kurz vor Weihnachten, habe ich mich auf eine Bank vor der Musikschule gesetzt, in der das Pferdegesicht auf mich gewartet hat, habe die Kekse gegessen, die meine Mutter für sie gebacken hatte, und in den Schal geheult, weil ich mir leidgetan habe. Geschmeckt hat das nicht. Meine Mutter hat herausbekommen, dass ich geschwänzt habe, weil sie Frau Petersen ein paar Wochen später nach den Keksen gefragt hat. Seitdem habe ich bei Herrn Böhler Geigenunterricht. Er war mal Orchestermusiker, aber meine Mutter meint, das müsse im letzten Jahrhundert gewesen sein. Ihm ist es gleich, ob ich schwänze.

Ich fixiere die Ziffernanzeige des Radioweckers und spiele nur noch lange Töne. Exakt nach zwanzig Minuten höre ich auf und verstaue die Geige im Kasten. Auf das schmale Ende habe ich dick U-11 geschrieben. Allerdings mit schwarzem Filzer, so dass man es auf dem schwarzen Kunststoffbezug nur von der Seite erkennen kann. Das U-11 ist ein U-Boot der Bundesmarine. U-Boot-Klasse 205. Sechzehn Torpedos in acht Torpedorohren. Ich bin U-Boot-Freund. Deshalb habe ich mir als Wandfarbe auch ein dunkles Blau mit Wellenmuster gewünscht. Mein Vater hat ausnahmsweise zugestimmt. Er wäre gerne Mitglied in einem Segelclub. Das können wir uns aber nicht leisten. Also ist er Mitglied in einem Hockeyclub. Ich bin mir nicht sicher, ob sie da wirklich Hockey spielen. Sie treffen sich samstags, so wie heute, trinken Aquavit und unterhalten sich, wahrscheinlich über ihre Berufe, ihre Hobbys und ihre Frauen. Mein Vater hält mich für dumm wie eine Pfandflasche, weil ich mir nicht merken kann, was er als Beruf macht. Irgendwas mit Listen und Verkauf. Mit Rückstellungen. Wenn er von Rückstellungen spricht, klingt er wie jemand aus der Tagesschau. Guidos Vater ist Physiotherapeut, das würde ich mir leichter merken können.

Ich gebe dem Geigenkasten den Befehl zum Abschuss der Torpedos. Das Sonar rechnet mit dreiundzwanzig Sekunden bis zum Einschlag. Ich zähle mit. Bei sieben zieht mich Axel aus dem Wasser, bei neun sieht er meinen blauen Fleck, bei zwölf habe ich ihn das erste Mal belogen, bei fünfzehn das zweite Mal, bei siebzehn scheine ich alles verdorben zu haben, doch bei zwanzig sagt er »Abgefahren«, und bei einundzwanzig nennt er mich bei meinem Spitznamen. Dreiundzwanzig. Die Explosion erschüttert die Wände meines Zimmers. Das Wasser peitscht auf, eine Fontäne, die die Überreste des feindlichen U-Boots emporschleudert und Teile der Besatzung: ganze Beine, halbe Beine, Arme, Hände, Finger, einen gespaltenen Kopf. Die Gischt wird rot und rollt blutig über die tosende See. Im Garten wässert meine Mutter die Forsythie.

Ich lasse mich aufs Bett fallen und zwinge mich, nicht an Axel zu denken, nicht an seine Stimme, nicht an seine Haare und nicht an seine Haut, die im Sonnenlicht flimmert. Ich denke an meine Fischertechnik, mit der ich mir ein Periskop bauen könnte, an die Nickelvorkommen in Tansania, die wir in eine leere Afrikakarte einzeichnen müssen, die uns Herr Becher ins Heft gestempelt hat, daran, dass ich, während ich Geige übe, oft am Kolophonium rieche, dass ich seit dem Freibad weiß, dass Axel ihn in der Badehose rechts trägt, obwohl ich das sonst von keinem in meiner Klasse weiß, und dann schnell daran, dass ich gerne ein Haustier hätte, mich aber nicht entscheiden kann, welches, vielleicht einen Hund, vielleicht eine Schildkröte, vielleicht einen Wellensittich, bestimmt keinen Goldhamster, aber vielleicht ein Frettchen. Meine Schwester hätte gern ein Pony, aber nur, um meine Eltern zu provozieren. Sie hat kein einziges Pferdeposter in ihrem Zimmer.

Mein Vater ist aus dem Hockeyclub zurück und findet, dass sich meine Mutter mal wieder wichtigmacht. Sie hat uns zum Essen gerufen, danach hat sie geseufzt, und wenn sie seufzt, erwartet sie von uns, dass wir das Essen loben. Also sagen wir: »Mhm«, und: »Lecker«, und mein Vater: »Warum nicht gleich, Ute?« Er ist ohne Hockeyschläger nach Hause gekommen. Seine Augen sind glasig, seine Lippen sind schwer. Es gibt Brathähnchen aus dem Römertopf, und ich versuche, an nichts anderes zu denken als an Brathähnchen aus dem Römertopf. Der Vogel liegt in seinem Saft wie angeschwemmt, im Bauch steckt eine Zitrone, ein gelbes Riesenei. Wir sind noch nicht fertig mit dem Essen, da geht es schon los. Die Pall Mall von meinem Vater sind leer, er muss die Eve von meiner Mutter rauchen. Den Ladyscheiß lehne er ab, da könne er sich ja gleich einen Wattebausch anstecken, wieso zahle er für so was überhaupt Tabaksteuer? Auf jeden Scheiß müsse er Steuern zahlen. Was bitte gehe es das Finanzamt an, was er für einen Wagen fahre? Oder wie viele Zimmer sein Haus habe? Ob er im Club ein kleines Geschäft klarmache? Unter Freunden. Unter Sportsfreunden. Er gießt sich einen Whiskey ein, und meine Mutter muss ihm die Eiswürfel aus dem Gitter drücken. Der Herr Staat habe seine Finger ja überall drin, sagt er und spricht so laut, als wären da außer uns noch andere. Nichts bleibe von dem übrig, für das er sich täglich plattmache. »Platt?«, sagt meine Mutter. »Wohl eher besoffen.« Woraufhin mein Vater sie anschreit, schon gar nicht, wenn die eigene Frau das Huhn für ihre bescheuerte Tonschüssel unbedingt frisch vom Markt braucht und nicht tiefgekühlt zum halben Preis, weil das so in ihrem Rezeptbuch steht, um, na? Um was? »Um sich wichtigzumachen«, sagt mein Vater und sieht meine Schwester und mich an, als sei das unser Text. Eigentlich ist mein Vater ganz nett, aber Aquavit bekommt ihm nicht. Meine Mutter mixt sich einen Martini und prostet ihm zu. Sie starren sich an. Uns Kinder haben sie vergessen. Jede andere Frau würde so ein Huhn auch tiefgekühlt hinkriegen. Selbst die von Dr. Schlierhammer, die aus dem Katalog. Und die würde dabei sogar noch bisschen schmusig sein, das sei bei der im Preis mit drin. Meine Mutter hat genug, sie knallt mit der Hand auf den Tisch, so dass die Teller mit dem Nachtisch hüpfen. Was jetzt passiert, passiert immer. Wirklich immer. Während meine Mutter meinem Vater sagt, sie würde ihm gleich mal zeigen, wie schmusig es bei den Schlierhammers zugehe, beginnt er, statt völlig durchzudrehen, nach Luft zu schnappen, als würde er gleich losheulen. Er vergräbt sein Gesicht in seinen Händen, zieht Rotz hoch, den es nicht gibt, dann steht er schwer atmend auf. Meine Mutter folgt ihm. Sie verlassen die Küche in unterschiedliche Richtungen, was nicht viel bringt, so groß ist unser Haus nicht. Meine Schwester wischt Nachtisch vom Tisch. Sie stellt das Whiskey-Glas in den Geschirrspüler und wirft die zerdrückte Eve in den Müll. Dann verschwindet sie in ihrem

Zimmer und dreht ihre Supertramp-Platte auf. Ich bleibe am Küchentisch sitzen. Wenn ich mich nicht bewege, habe ich das Gefühl, als würde es mich nicht geben.

3

Am Sonntag bleiben meine Eltern im Bett. Ihr Flüsterlachen schwebt wie Watte durch den Flur.

Ich mache mir einen Kakao. Das Pulver löst sich in der kalten Milch nicht auf, für warme Milch wäre aber meine Mutter zuständig. Meine Schwester filtert sich einen Kaffee. Seit sie mit Benjamin von Mackensen zusammen ist, trinkt sie morgens Kaffee. Sie raucht auch heimlich und hat im Keller eine Flasche Asti Spumante versteckt. Benjamin geht aufs Pablo Neruda. Ich frage mich, wieso ausgerechnet er und nicht zum Beispiel Felix ihr fester Freund ist. Felix geht in ihre Klasse, ist ihr bester nicht fester Freund und außerdem der netteste, den sie jemals haben wird. Er spielt Klarinette, obwohl er nicht müsste. Er wäre auch als Geiger gut. Wenn meine Schwester mit Benjamin vorm Sofa sitzt, liegen ihre Beine parallel nebeneinander auf dem Teppich. Mit ihm sitzt meine Schwester nie auf dem Sofa, nur davor. Sie kratzt sich dann am Knöchel und sagt Worte wie »immanent« oder »relevant« oder dass sich »Emanzipation« vom lateinischen Wort für »Hand« herleite, was nicht nur bedeute, sich aus dem Griff des Patriarchats zu lösen, sondern selbst zuzugreifen. Ich verziehe mich mit dem Kakao in mein Zimmer und setze mich an meinen Schreibtisch.

Ich hasse es, wenn meine Eltern sich streiten. Es ist wie am Ende eines Diaabends, wenn im Projektor die Dias durch sind. Beim letzten Wechsel kommt Licht, obwohl man ein Foto erwartet hat. Eines, auf dem die Straße die gleiche Farbe wie der Himmel hat und mein Vater zum Beispiel meine Mutter den Wagen fahren lässt. Beim Plätzetausch begegnen sie sich auf halber Strecke und geben sich einen Kuss – in Wirklichkeit ist mein Vater zwar grundsätzlich für Frauen am Steuer, aber nicht bei meiner Mutter. Man sitzt auf dem Sofa oder davor, es gibt Chips und Erdnussflips, man sieht sich die Dias an, lacht, rätselt, erinnert sich und wird plötzlich von diesem leeren Licht geblendet. Man schließt die Augen und hofft, dass jemand aufsteht, den Projektor ausschaltet, die Leinwand einrollt, die leeren Schälchen für die Chips und Flips ineinanderstellt und »Schluss jetzt« sagt und vielleicht noch, dass irgendjemand den Aschenbecher ausleeren müsse, und zwar draußen in den Müll.

Ein Kakaoklumpen hat sich am Tassengrund abgesetzt. Ich puste, er platzt. Im Inneren ist das Pulver noch trocken. Es staubt aufs Porzellan. Ich verrühre es mit einem Rest Milch, dann drehe ich die Tasse um und lasse den Kakao auf eine Seite in meinem Reli-Heft tropfen. Der Fleck, der auf dem Papier entsteht, hat Ähnlichkeit mit Australien. Ein strahlenförmiger Kranz kleiner Inseln umgibt den Kontinent. Ich würde gerne auswandern. Ich würde mir ein Haus bauen und einen Beruf suchen, bei dem man nicht viel rechnen muss, U-Boot-Führer zum Beispiel, wenn man das Rechnen die unteren Dienstränge machen lässt. Ich bin mir nur nicht sicher, ob Axel mitkommen würde. Seit gestern Abend habe ich nicht mehr an ihn gedacht – und habe es trotzdem die ganze Zeit. Ich kann es nicht genau erklären. Es hat etwas mit meinem Körper zu tun, der Art, wie ich mich bewege. Wie meine Füße den Boden berühren, wie meine Arme an meinem Rumpf hängen, wie mein Hals meinen Kopf trägt. Meine Schwester hat gesagt, ich soll nicht so arrogant sein. Ich glaube aber, sie meint etwas anderes. Aus der Küche dringt jetzt Lärm. Es riecht nach gebratenem Speck.

»Guten Morgen, mein Schöner«, sagt meine Mutter, als ich runterkomme, und mein Vater: »Na, Dicker?« Es freut mich, wenn meine Mutter mich schön findet, obwohl sie meine Brustwarzen kennt. Dick bin ich auf keinen Fall.

»Es gibt Frühstück.«

»Mit gebratenem Speck«, ergänzt mein Vater.

Sie haben Rührei gemacht, verschiedene Sorten Aufschnitt und Käse auf einem Teller angerichtet, dazu gibt es Obstsalat, wahlweise mit Joghurt oder Quark, Marmelade in kleinen Schälchen, das Knäckebrot ist bereits ausgepackt und die Grapefruit nicht längs geschnitten, sondern quer in zwei Hälften. Sie haben einen Holzlöffel ins Honigglas gesteckt. Sie wollen sich entschuldigen.

»Sag deiner Schwester Bescheid«, sagt meine Mutter.

»Es gibt Frühstück«, rufe ich in den Flur. »Mit gebratenem Speck.«

Meine Mutter tut so, als sei sie zum Frühstück bei anderen Leuten zu Gast. »Dürfte ich mich freundlicherweise hierhin setzen?«, fragt sie, bevor sie auf ihrem Stuhl Platz nimmt, dem letzten, der noch frei ist. Wir spielen mit. »Bitte.« – »Gerne.« – »Warum nicht?« Mein Vater lädt sich den gebratenen Speck auf den Teller. Meine Mutter begutachtet das Geschirr. Sie hebt ihre Tasse an und entziffert die Aufschrift auf der Unterseite. »Wunderschön. Wo die das nur herhaben?« Dabei war sie es, die im letzten Dänemarkurlaub darauf bestanden hat, ins Möbelhaus nach Kopenhagen zu fahren, weil es das Geschirr nur dort gab.

Ich esse extra langsam, weil ich fest damit rechne, nach dem Frühstück beim Autowaschen helfen zu müssen. Ich bin der Einzige in der Familie, der das Chrom beim Polieren streifenfrei hinbekommt. Doch als wir fertig sind und die Papierservietten zerknüllen, wir haben Papierservietten benutzt, schlägt meine Mutter vor, ein Gesellschaftsspiel zu spielen. Wir einigen uns auf Monopoly. Mau-Mau findet mein Vater zu kindisch, Mensch ärgere Dich nicht zu langweilig und bei Malefiz die Regeln zu blöd.

Es läuft gut. Ich habe als Erster eine Farbe zusammen. Ich bebaue die Münchner, Wiener und Berliner Straße mit Häusern und werde durch Mieten reich. Meine Mutter landet zweimal im Gefängnis und fragt sich, ob es in ihrer Zelle wohl eine Heizsonne gibt. In der nächsten Runde gewinnt sie den zweiten Preis bei einem Schönheitswettbewerb und ärgert sich über die Kleckersumme, die sie bekommt. Meine Schwester schimpft auf den Kapitalismus, haut ein paar große Scheine aufs Spielbrett und reißt sich die Schlossallee unter den Nagel. Mein Vater soll für Krankenhaus und Versicherung ein Vermögen hinlegen, die Turmstraße bringt ihm auch nichts ein, weil meine Mutter die Badstraße hält und sich sowieso keiner dorthin würfelt, schließlich muss er ins Gefängnis. »Lass dir meine Zelle geben«, sagt meine Mutter, »die ist schön warm.« Kurz bevor ich meine Häuser am Opernplatz in ein Hotel umwandeln darf, das ich »Hotel Fidelio« nennen würde, muss mein Vater, gerade aus dem Gefängnis entlassen, zum zweiten Mal Einkommenssteuer ans Finanzamt überweisen. »Scheißsteuer«, brüllt er, schleudert seine Spielfigur aufs Brett und geht türknallend aus dem Zimmer. Gleich wird er den Wagen auf die Einfahrt fahren und die Chromteile mit Politur verschmieren.

Eine Zeit lang liest sich meine Mutter durch die Ereigniskarten, das Gesicht hart wie eine geschlossene Muschel. Dann steht sie ebenfalls auf, geht in den Garten und hockt sich mit Grubber und Schere in ein Beet. Die Pflanzen, an denen sie herumzupft, haben keine Namen. Sie heißen ohne Unterschied Bodendecker.

»Du kannst einpacken«, sagt meine Schwester und verschwindet. Kurze Zeit später dröhnen ihre Supertramp-Bässe durch die Decke. Ich sortiere die Geldscheine nach ihrem Wert, lege Karten, Spielfiguren, Häuser und Hotels in die vorgesehenen Fächer, klappe das Spielbrett ein und verschließe den Karton. Bevor ich ihn in die Schublade zwischen die anderen Spiele schiebe, öffne ich ihn noch einmal, nehme ein Hotel heraus und stecke es ein. Hotel Fidelio. Fünf Sterne. Frühstück vom Feinsten.

Den Rest des Tages gehen wir uns aus dem Weg. Als ich ein paar Stunden später wieder Hunger bekomme, horche ich auf Pausen zwischen den Geräuschen im Haus, dann husche ich in die Küche und esse bei geöffneter Kühlschranktür von den Resten des Frühstücks. Meine Schwester kommt rein, um ein paar Chicorée-Blätter abzunagen. Sie legt mir eine zusätzliche Scheibe Salami aufs Brot und beschmiert sie mit Senf, weil Salami mit Senf nach Brathähnchen im Römertopf mein zweites Leibgericht ist.

»Was hast du gemacht?«

»Nichts. Australien einen Rand gemalt.«

Wir gehen ins Wohnzimmer, setzen uns vors Sofa, schalten den Fernseher aber erst ein, als meine Schwester sicher ist, dass kein Kinderprogramm läuft, *Rappelkiste* oder *Das feuerrote Spielmobil*, das bei uns leider schwarzweiß ist. Und ich soll arrogant sein? Mein Vater öffnet die Tür. Er zögert, als er uns sieht. Dann tritt er an den Tisch und wirft meiner Schwester wie zur Versöhnung die Eve von meiner Mutter vor die parallel liegenden Beine. Meine Schwester sieht ihn an. »Hab dich nicht so. Ich weiß sowieso Bescheid.«

4

Axel fehlt. Der Platz neben Guido ist leer. Es kommt mir vor, als schwebe darüber eine Lücke. Ein Hohlraum in der Luft, den nur jemand sehen kann, der etwas vermisst. Frau Rieder nimmt an, dass Axel krank ist. Sven nickt vielsagend, sein Vater ist Frauenarzt. Die Handtasche auf ihrem Schoß, gibt uns Frau Rieder eine Stillarbeit auf: »Warum hat Jesus seine Jünger aufgefordert, ihn zu verlassen? Denkt dabei an die Radikalität seiner Botschaft. Ihr habt die ganze Stunde.« Als Frau Rieder glaubt, wir würden alle auf unsere Blätter sehen, holt sie ein Taschentuch aus ihrer Tasche und putzt sich was von der Bluse.

Ich stelle mir Jesus mit seinen Jüngern in der Wüste vor. Wenn man wochenlang über Sand latscht, gibt es ja wenig Abwechslung. Man stapft in den Dünen herum und sieht immerzu dieselben Leute. Das ist extrem eintönig. Vielleicht ärgert sich Jesus ja, die Bibel ist voll mit Stellen, an denen er sich ärgert. Meistens sind die Jünger schuld, ihnen fehlt der wahre Glaube, und Jesus muss sie an den Herrn erinnern, seinen Vater, und das ewige Leben. Mit ihm sind sie dreizehn, das ist keine gute Zahl, und Jesus, der die Zukunft kennt, weiß, dass einer der Jünger ihn verraten wird, Judas Soundso, für ein paar lumpige Taler und eine gute Stellung bei den Römern. Also sagt er: »Geht. Ihr könnt gehen, wenn ihr wollt. Aber kommt dann bitte nicht angekrochen und bettelt um Gnade.« Vielleicht ist da gerade eine Oase. Jesus geht weiter, Schritt für Schritt, Sandkorn für Sandkorn. Noch ist er dem Teufel nicht begegnet, noch ist er allein. Es ist der erste von vierzig Tagen, doch Jesus merkt bereits, dass es ein Fehler war. Er vermisst seine Jünger. Jetzt, wo sie fort sind, weiß er, wie sehr er sie geliebt hat, wie sehr er sie gebraucht hat, und er weiß, dass auch er, Jesus, in der Wüste vollkommen allein ist und im Hohlraum überm Sand keine Menschenseele, nur irgendwann der Teufel. Ich schreibe noch, dass man seinen Glauben in der Wüste leicht verlieren kann und die Geschichte in einem kälteren Land vielleicht anders ausgegangen wäre.

Am Nachmittag muss ich mit meiner Schwester zu Frau Walther. Sie ist gehbehindert und kommt mit ihren Vorhängen nicht klar. Ihr Haus steht am Hang. Es ist aber kleiner als die übrigen Häuser am Hang, und der Hang ist dort, wo sie wohnt, im Prinzip schon Wald. Als ich klein war, hatte ich Angst vor Frau Walther. Ich hielt sie wegen ihrer wenigen Haare für eine Hexe. Meine Schwester meinte, schütteres Haar sei ein typisches Hexenproblem, unter dem würden sie alle leiden, deshalb seien sie ja so böse. Als ich sagte, dass Frau Walther sich als Hexe doch einfach mehr Haare hexen könnte, erwiderte meine Schwester, Hexen hätten Angst davor, Fehler zu machen, die sie nicht rückgängig machen könnten, zum Beispiel sich versehentlich statt Haaren Eisennägel auf den Kopf zu hexen oder Grasbüschel oder, besonders bescheuert, lächerlich kleine Kinderpimmel, solche wie meinen, meine Schwester hat Kinderpimmel gesagt, und deshalb würden Hexen ihre Hexerei lieber bei anderen anwenden.

Wir klingeln. Frau Walther öffnet uns und lässt uns ins Haus. Sie gibt uns jedem eine Mark. Im Wohnzimmer stellt sich meine Schwester auf einen Tritt und hakt die Vorhänge aus der Schiene, ich lege sie zusammen und schleppe sie ins Bad. Die Vorhänge kommen in die Wanne. Während Frau Walther das Wasser einlässt, halten meine Schwester und ich sie am Ellenbogen fest. Sie hat dort etwas überschüssige Haut, die sich selbst ein bisschen wie Vorhang anfühlt. »Feste, Jung, fass zu«, sagt Frau Walther. Sie schöpft mit einer Kelle Waschpulver aus der Packung, und der Vorhang verschwindet im steigenden Wasser wie eine verschneite Insel im Eismeer. Als Frau Walther den Hahn zudreht und »Langt jetzt aber« sagt, reicht ihr meine Schwester den Gehstock, und Frau Walther stochert damit im Wasser herum. So sollen die Vorhänge sauber werden.

Während der Stoff einweicht, sitzen wir bei Mandarinenkompott im Wohnzimmer, eingezwängt zwischen Kissen, auf die Städteansichten gedruckt sind, Rom, Paris, New York und eine Stadt mit verdrehten bunten Kirchtürmen. Das Kissen gefällt mir am besten. Frau Walther nimmt mit ihrem Stock Maß und findet, dass ich gewachsen bin.

»Aber ich war doch erst letzte Woche da.« Ich hatte für Frau Walther bei der Post einen Block Sondermarken besorgt. »So schnell geht das doch nicht.«

»Jung«, sagt Frau Walther. »Du bist gewachsen. Der Stock lügt nicht.«

Meine Schwester saugt den Saft aus den Mandarinenspalten, bevor sie das dosenweiche Fruchtfleisch zerkaut. Frau Walther sieht mich an, als wäre ich eine Erscheinung.

»Natürlich bist du gewachsen. Man erkennt es am Verlust. Niemand wächst ohne Preis. Dafür wird man aber schöner mit der Zeit.« Und als wäre damit alles gesagt, schickt sie mich ins Bad, noch mal kräftig umrühren.

Seitdem wir Frau Walther nicht mehr für eine Hexe halten, sondern für eine Feministin, ist meine Schwester der Meinung, dass sie sich auch mal ein bisschen mit ihr beschäftigen könnte, Frauenfragen besprechen, Periode, Verhütung, Paragraf 218, solche Sachen. Sie nennt Frau Walther bei ihrem Vornamen und sagt dauernd »wir«. »Das Patriarchat, Edith, wirklich, da erstickt man doch. Wir müssen was tun. So geht das nicht weiter, Edith.«

Frau Walther legt den Kopf schräg, als ich aus dem Bad zurückkomme. In ihrem schütteren Haar erkenne ich eine kleine Verletzung. Der Schorf ist frisch. Vielleicht hat sie sich irgendwo gestoßen. Vielleicht ist sie gegen die Garderobe gefallen. Vielleicht ist sie genauso ungeschickt wie ich.

»Eure Welt wird anders sein. Darauf bin ich ein bisschen neidisch.«

»Es wird auch deine Welt sein«, sagt meine Schwester. Und mit Extraluft: »Edith.«

»Nein, Süße«, sagt Frau Walther, »wird sie nicht. Bis dahin werde ich längst tot sein.« Frau Walther nennt meine Schwester »Süße«, dabei ist sie sonst so klug.

Ich kann mir nicht vorstellen, dass sie irgendwann einmal stirbt. Mir ist klar, dass es geschehen wird, ich kann es mir aber nicht vorstellen. Es wäre eine Lücke, die einen ziemlich großen Hohlraum in der Luft hinterlassen würde. Frau Walther stemmt sich an ihrem Stock hoch, schwankt zum Bücherregal und zieht ein Buch heraus. »Hier«, sagt sie und wirft es meiner Schwester in den Schoß. Dann durchsucht sie einen kleinen Holzkasten, zieht eine Postkarte hervor und reicht sie mir. »Das gefällt dir doch, Jung.« Auf der Vorderseite sind die verdrehten Kirchtürme zu sehen. »Das ist die Basilius-Kathedrale in Moskau.« Die Rückseite der Karte ist mit fremden Buchstaben beschriftet. Sie sehen aus, als hätte jemand Möbel gezeichnet. Wir bedanken uns, und meine Schwester fügt hinzu, ihr Freund habe ihr massig feministische Literatur empfohlen, dieses Buch stehe auf der Liste aber ganz oben.

Wir müssen den Vorhang dreimal ausspülen, bevor das Wasser wieder klar ist. Danach hängen wir ihn über die Wanne an die Wäscheleine, klammern ihn fest und bekommen dafür noch eine Mark.

Auf dem Weg den Hang hinunter zerbröseln wir vertrocknete Rhododendronknospen, die wir Frau Walther vom Busch geknipst haben.

»Sie hat es gemerkt.«

»Was?«, frage ich.

»Was wohl? Dass du schwul bist natürlich.«

»Frau Walther?«

»Wer denn sonst?«

»Nur, weil sie gegen ihre Garderobe gefallen ist«, sage ich und putze mir den toten Rhododendronstaub von den Fingern.

»Was? Nein! Weil sie lesbisch ist. Edith ist eine Lesbe.«

Ich wusste schon mit elf, dass ich schwul bin. Außer meiner Schwester weiß es niemand. Meine Mutter ahnt es wohl, Mütter sollen so etwas ahnen. Meine Schwester meint, man würde nichts merken, solange ich mich nicht bewege. Sie ist zwiegespalten, was mein Schwulsein angeht. Sie freut sich, einen schwulen Bruder zu haben, ist aber neidisch, weil sie selbst nicht lesbisch ist. Dafür aber offenbar Frau Walther, unsere Nachbarin vom Hang. Ich frage mich, was das mit mir zu tun haben soll. Frau Erdmann, meine Geigenlehrerin, die jetzt in Indien ist, war auch lesbisch, deswegen kenne ich überhaupt das Wort. Bevor sie ausgewandert ist, hat sie mit ihrer Freundin zusammengelebt. Die war Steuerberaterin und konnte Cello. Aber mit denen hatte ich sonst auch nichts zu tun. Frau Walther ist hauptsächlich eine Greisin. Und ich bin in der Achten.

Zu Hause macht meine Mutter Abendbrot. Mein Vater lehnt am Küchentisch, meine Schwester hat sich irgendwie in Luft aufgelöst. Meine Mutter erzählt gerade, dass ja der Sohn von Dr. Picker in meiner Klasse sei. »Das ist dieser Frauenarzt, der vor ein paar Wochen zu Frederike gesagt hat, er sei der Schlawiner mit dem Spekulum.«

»Die hat sich verhört.«

»Doch, das hat er gesagt. Sie geht jetzt zu einem Privatdozenten von der Uniklinik.«

»Das ist doch dieses Guckrohr, um in –«, fragt mein Vater.

»Ja«, unterbricht ihn meine Mutter. Sie hat mich im Flur entdeckt. »Na, mein Schöner, hast du schon Hunger?«

Während des Abendessens wird kein weiteres Wort über Dr. Picker verloren. Nachdem ich zweimal fragen musste, ob ich aufstehen darf, schleppe ich das dreibändige Lexikon in mein Zimmer und zusätzlich ein Wörterbuch. Vom Spekulum gibt es im Lexikon eine Abbildung. Es sieht wie eine Gartenschere mit Schnabel aus. Der Begriff leitet sich vom lateinischen Wort »specere« ab. Genauso wie die Worte Spektrum, Spektakel, Spekulation, aber auch Aspekt, Respekt, suspekt, Perspektive und Inspektor. Suspekt kannte ich noch nicht. Verdächtig, undurchsichtig, zwielichtig. Gutes Wort.

5

Zweiundvierzig Stunden später haben wir wieder Religion. Axel fehlt seit drei Tagen. Ich ziehe die Stunden, die ohne ihn vergangen sind, von den achtzig Stunden, die ich ihn kenne, ab. Es sind noch sechsundzwanzig Stunden übrig. In gut einem Tag wird es so sein, als hätte ich Axel Peschke nie gekannt. Frau Rieder erklärt anhand einer Bibelstelle, dass es manchmal auch in der Wüste regnet, dieser Regen sich aber allein der Gnade Gottes verdanke, weshalb die Israeliten ihm zum Lobpreis Lieder auf der Harfe spielten. Guido erkundigt sich nach Art, Größe und Tonumfang der Harfe. Frau Rieder hält das für nebensächlich, wie bei allem im Leben komme es vor allem auf die innere Einstellung an.

Nach der Stunde gehe ich nach vorne und frage, ob auch andere Zupfinstrumente in Frage kämen, Banjos zum Beispiel, Balalaikas oder Bratschen ohne Bogen. Frau Rieder sagt, es gehe darum, Gott zu verherrlichen, und was eigne sich dafür besser als Musik, sei es nun ein kleines Lied auf der Blockflöte oder der Klang einer majestätischen Kirchenorgel. Während ich aufmerksam nicke, spicke ich auf die Adressliste im Klassenbuch. Axels Adresse steht am Ende, er ist der Neue. Ich würde gerne einwenden, dass weder Blockflöte noch Kirchenorgel Zupfinstrumente seien, aber jedes weitere Wort könnte zur Folge haben, dass ich Axels Adresse vergesse, die ich mir mindestens bis zum Fahrradständer merken muss, wo ich sie mir dann unauffällig notieren kann. Ich lächle, um anzudeuten, dass ich das mit der Musik der Israeliten verstanden hätte, und renne aus dem Klassenzimmer.

Meine Mutter backt Vanillekipferln, Dattelbusserln und Zimtsterne, obwohl Sommer ist. »Das schmeckt auch im Juni«, sagt sie und haut ein Stück Butter in die Schüssel. Sie hat die Backoblaten aus der Packung geholt und auf der Arbeitsplatte zu einem Haufen zusammengeschoben. Ein Berg aus Jesus, der in der Kirche pur gegessen wird. Bei uns gibt es ihn nach Rezept, mit Eischaum, Datteln, Zucker und dem Saft einer halben Zitrone. Wenn meine Mutter mit meinem Vater gestritten hat, backt sie am nächsten Tag oder kocht vor oder weckt ein oder bepflanzt die Töpfe auf der Terrasse. Statt mich von der Dattelmasse naschen zu lassen, brät sie mir eine Banane und ertränkt sie in Honig. Meine Mutter weiß, dass nach Römertopfhähnchen und Salami mit Senf gebratene Banane mit Honig mein drittes Leibgericht ist. Sie steckt Mandelsplitter in das schleimige Obst und sagt: »Und?«

»Was, und?«

»Wie geht's, wie steht's? Was macht die Liebe?«

»Mama!«

»Das sagt man so.«

»Ich gehe in die Achte. Ich bin ein Achtklässler.«

»Und Mütter sind peinlich, ich weiß. Ich will es ja auch

gar nicht wissen.« Sie steckt sich einen von meinen Mandelsplittern in den Mund und grinst mich an.

»Was?«

»Ich meine nur, wenn du dich unterhalten möchtest, jederzeit.«

»Worüber?«

»Über alles, was einen Achtklässler so bewegt.«

»Das Nickel in Tansania?«

»Zum Beispiel. Haben sie so viel davon?«

»Ja. Extrem viel.«

»Sieh mal an. Und sonst?«

»Wie, und sonst?«

»Na ja, deine Freunde.«

»Was ist mit meinen Freunden?«

»Wie sind die so?«

»Nett.«

»Das ist doch schön. Nette Freunde sind wichtig. Und was macht ihr so den ganzen Tag?« Meine Mutter macht eine ausladende Bewegung, als seien unsere Tage besonders lang.

»Reden.«

»Und worüber?«

»Über alles Mögliche.« Ich weiß längst, worauf das hinausläuft. Meine Mutter beißt auf meinem Mandelsplitter herum. »Über die Lebensmittelindustrie zum Beispiel.«

»Meine Güte. Das sind ja wirklich interessante Themen. Du unterhältst dich tatsächlich mit deinen Freunden über die Lebensmittelindustrie?«

»Ja.«

»Wer hätte das gedacht. Und sind da auch Mädchen dabei?«

»Ja, natürlich, die essen ja auch Joghurt.«

Meine Mutter braucht ein bisschen, bis ihr die nächste Frage einfällt. »Und die Jungs? Mit denen verstehst du dich auch gut?«

»Nicht mit allen.«

»Mit wem denn zum Beispiel nicht?«

»Mit Sven zum Beispiel.«

»Dem Sohn von Dr. Picker?«

»Ja.«

»Mit dem würde ich mich auch nicht verstehen. Nicht bei dem Vater.« Meine Mutter zieht einen zweiten Mandelsplitter aus meiner Banane. »Und mit wem verstehst du dich besonders gut?«

»Mit Rüdiger Siebenpfennig«, sage ich. Weil es stimmt. Und weil man seinen Nachnamen nicht oft genug sagen kann.

»Rüdiger. Der spielt doch auch Bratsche. Das ist ein sehr hübscher Junge«, sagt meine Mutter, und es klingt, als mache sie mir ein Kompliment.

Ich drücke die übriggebliebenen Mandelsplitter in den Schleim und esse den Rest der Banane in einem Stück. »Ich spiele aber keine Bratsche.«

»Nein. Obwohl du solltest«, sagt meine Mutter. Schließlich erkundigt sie sich noch, ob Tansania im Osten des afrikanischen Kontinents liege.

»Ja«, sage ich und öffne meinen Mund extra weit. Ich nehme an, dass der Rest der Banane nun Fäden zieht. Es wirkt. Meine Mutter streicht mir über die Haare. Dann steht sie auf und holt den Mürbeteig aus dem Kühlschrank. Die Vanillekipferln müssen sorgfältig geformt werden. Schwierige Halbmonde, die beim kleinsten Fehler auseinanderfallen.

Der Name von Axels Straße endet auf »Ring«, obwohl die Straße auf dem Stadtplan, der bei uns unterm Telefon im Flur liegt, eher quadratisch aussieht. Ich huste, damit meine Mutter nicht hört, wie ich die Seite herausreiße. Zurück in der Küche, sage ich, dass ich losmüsse. Meine Mutter fragt nach meinen Hausaufgaben. Ich schnaube, um vorzutäuschen, dass die bereits erledigt wären. Meine Mutter wirkt skeptisch, ist aber zu beschäftigt. Während sie die Dattelmasse, die Zunge zwischen den Zähnen, aus der Spritztüte auf die Oblaten quetscht, erzähle ich ihr, dass in Reli sowieso nur noch die Wüste dran wäre. In den Oasen würde man als Israelit unter den Palmen zwar ziemlich bequem auf seiner Harfe herumzupfen können, aber draußen auf dem endlosen Wüstensand habe Jesus den Teufel vielleicht nur deshalb ertragen, weil er, statt ehrlich zu fasten, zwischendurch von einem Dattelbusserl abgebissen habe. Meine Mutter lacht. Ich überlege, ob ich noch sagen soll, dass heiße Länder überhaupt einiges zu bieten hätten, lasse es dann aber. »Riecht lecker, Mama.« Das Muschelgesicht meiner Mutter ist verschwunden. Die Augen haben ihren strengen Perlmuttglanz verloren, ihre Lippen sind nicht mehr krustig. Mein Vater sagt zwar oft, dass ich nicht so rumkaspern soll, aber wenn meine Mutter mich anlächelt, ist es mir egal.

Ich gehe zu Fuß. Am Wehr renne ich über den Kanal und bin außer Atem, als ich an einer eingezäunten Baustelle ankomme. Eine Brachfläche, abgesehen von einigen Mauerresten, durchfurcht wie ein Acker. Ich suche eine Lücke im Zaun und schlüpfe durch den Spalt. Am Rand der Baustelle liegt eine leere Kabeltrommel. Jemand hat mit Filzer aufs Holz geschrieben, dass jeder, der das wolle, die Schlampe Jasmin haben könne. Ich setze mich auf die Trommel und ziehe das Monopoly-Hotel aus der Hosentasche, das da noch immer steckt. Ich stelle mir vor, wie in einer geschrumpften Welt Menschen dort übernachten würden.

Auf der anderen Seite der Baustelle liegt eine Hochhaussiedlung. Wie ein Gebirgszug ragt sie in den Himmel. Niedrige und mittelhohe Hochhäuser direkt an der Straße, hohe Hochhäuser und sehr hohe Hochhäuser im Dunst dahinter. Das Parkhaus ist schön wie ein Schwimmbad, aber die Balkone sehen aus wie aus billigem Wellblech. Auf manchen wird Wäsche getrocknet, auf manchen stehen eingeklappte Sonnenschirme. Jemand kippt Kaffee in einen Blumenkasten, jemand putzt einen Vogelkäfig. Eine Frau spannt Schnüre, ihr Balkon ist zur Hälfte mit einer Schrankwand zugestellt. Im Glas der Türen spiegelt sich die Sonne.

Irgendwo da oben befindet sich ein Junge, der mich Julle nennt und die Lücke in meiner Klasse zu einem Hohlraum macht. Ich bitte Jesus, mir ein Zeichen zu geben, etwas, was auf sein Zuhause in diesem Hochhausgebirge hinweist, das schroff wie ein Felsmassiv an einer Straße liegt, die auf »Ring« endet, aber eigentlich ein Quadrat ist, mit einer Baustelle davor und einer leeren Kabeltrommel, auf der ein Junge sitzt, der diesen Jungen seit achtzig minus achtundfünfzig Stunden kennt und der während seines Gebets den Geschmack von Banane mit Honig auf der Zunge hat. Amen.

Die Frau hängt Geschirrtücher an ihre Schnüre. Sonst geschieht nichts. Die Schwalben fliegen Kurven in die Luft. Es ist Abend geworden.

6

Axel ist zurück. Meine rechte Seite ist wieder eine Antenne, meine Gedanken werden zu einem Summen unter der Haut. Von den tansanischen Nickelvorkommen, die ich auf der Karte im Norden des Landes eingezeichnet habe, bekomme ich fast nichts mit. Herr Becher spricht von der brutalen Herrschaft der deutschen Kolonialmacht, gegen die sich die Bevölkerung verzweifelt zur Wehr gesetzt habe. Die Aufständischen hätten sich mit Wasser und Mais eingerieben, um unbesiegbar zu sein, doch ihre Niederlage sei trotz ihrer Tapferkeit vernichtend gewesen. »Cornflakes«, sagt Claudia. Keiner weiß, warum.

Axel meldet sich. Er kommt dran und sagt nach einer kurzen Pause: »Sansibar.« Ein paar lachen. Herr Becher bittet um ausführlichere Beiträge, und Axel zählt auf: Sansibar, Archipel im Indischen Ozean, ehemals Sultanat und zentraler Handelsplatz für Sklaven, selbst nie Teil Deutsch-Ostafrikas, auch wenn fälschlicherweise geglaubt würde, es wäre im Zuge des Helgoland-Sansibar-Vertrags im Austausch gegen die Nordseeinsel als Protektorat dem britischen Imperium einverleibt worden, nach Entlassung in die Unabhängigkeit zu einer Provinz der Republik Tansania erklärt. Auf der Hauptinsel würden Gewürznelken angebaut werden, man verwende sie zum Verfeinern von Fleisch- und Fischgerichten, sie seien aber auch eine beliebte Backzutat und wirkten schmerzlindernd. Und der Sänger seiner Lieblingsgruppe Queen sei dort geboren. Alle haben sich umgedreht und starren Axel an. Seine Stimme vibriert in meiner rechten Seite wie die Zukunft. Herr Becher ist sprachlos. Dass er versehentlich die Karte von Südamerika ausrollt und die des östlichen Afrika suchen muss, bevor er sie an die Tafel hängt, merke ich erst, als Claudia in Gelächter ausbricht, das klingt, als würde sie überschwappen. »Fräulein Piel beweist Humor«, sagt Herr Becher, und Claudia kassiert einen Eintrag in seine schwarze Kladde. Die Lücke hat sich geschlossen.

In der Pause gehe ich Axel trotzdem aus dem Weg. Ich weiß, was sonst passieren würde. Meine Stimme würde seltsam klingen, wie die Stimme eines anderen, eines Jüngeren, und mir würden die passenden Worte nicht einfallen. Also würde ich unpassende Worte sagen, dabei stammeln und stammelnd das Gefühl bekommen, dass das Licht, das auf meinen Körper trifft, extrem hell ist und nirgendwo Schatten wirft. Alles wäre sichtbar, und ich würde anfangen zu schwitzen und überzeugt sein, mein Geruch sei Gestank und mein Körper eine eklige Masse. Ich würde mich hassen.

Ein paar von uns stehen vor der Turnhalle und versuchen, eine plattgetretene Milchtüte in einen Mülleimer zu schießen. Axel ist nicht dabei. Andi sagt gerade, dass Scharbeutz zum Beispiel ja auch keine Kolonie sei, sondern BRD pur, aber Rüdiger winkt ab: »Strand ist Strand«, und ob Andi nicht vielleicht mal aufs Klo gehen wolle. Im letzten Jahr waren wir mit der Klasse für eine Woche in Scharbeutz. Ich erinnere mich aber nur noch daran, dass mir die Steilküste ziemlich mickrig vorkam und man im *Großen Buch der Naturwunder*, das bei Frau Walther im Bücherregal steht, ganz andere Steilküsten zu sehen bekommt. Matthias aus der Parallelklasse, der Dicke mit Diabetes, nimmt Andi in den Schwitzkasten, aus dem bei ihm niemand mehr rauskommt, und Andi sagt, nun müsse er wirklich aufs Klo. Ich stelle mich zu ihnen und sage, dass Freddie Mercury wahrscheinlich schwul sei. Meine Stimme klingt exakt wie meine Stimme. Ich fürchte mich vor dem, was kommt, kann aber nicht mehr aufhören. Meine Schwester behaupte das, und wegen des Schnurrbarts stimme es wahrscheinlich auch, schwule Männer trügen häufig Schnurrbart, um wie richtige Männer auszusehen, und außerdem könne Freddie Mercury extrem hoch singen, was schwule Männer häufig gut könnten, weil sie, so behaupte es meine Schwester, nie richtig erwachsen werden würden, sie sähen zwar wie Männer aus, blieben aber ein Leben lang Jungs und seien schlicht unfähig, zu richtigen Männern zu werden, weshalb sie noch als Rentner Turnschuhe trügen und suspekte Schnurrbärte, hinter denen sie sich versteckten.

»Wie bitte?«, sagt Rüdiger, und Guido fragt, wer Freddie Mercury ist.

»Der Sänger von Axels Lieblingsband«, sage ich.

»Von Queen«, sagt Rüdiger.

Guido legt sich die Milchtüte auf die Schuhspitze.

»Ohne Hand«, sagt Matthias. »Sonst zählt es nicht.«

»Die sind aber doch gut«, sagt Guido.

»Na klar sind die gut«, sagt Rüdiger, und mir fällt auf, dass Andi nun doch nicht aufs Klo muss. »Du bist wirklich seltsam, Julle.« Rüdiger schüttelt den Kopf, dann klingelt es.

Nach der Schule hat mein Rad einen Platten. Ausgerechnet hinten. Im Reifenprofil kann ich nichts finden. Keinen Nagel, keine Glasscherbe, keinen spitzen Stein. Auf der anderen Seite des Fahrradständers steigt Andi auf sein Rad. »Wieso hilfst du mir eigentlich nicht, wenn die anderen zu mir bescheuert sind?« Der Wimpel an seinem Gepäckträger ist ausgefranst. Von der HSV-Raute ist nur noch die Hälfte übrig. Die Fäden zucken im Wind, als Andi davonfährt. Vielleicht habe ich wegen ihm einen Platten.

Ich schiebe schon eine Weile, als Axel mich einholt. Er beschleunigt, dann bremst er, eiert ein bisschen und steigt ab. »Was ist los?«

»Ich habe einen Platten.«

»Echt?«

»Hinten.«

»Hinten ist schlecht.«

»Ich weiß.«

Eine Zeit lang sagen wir nichts. Wir betrachten das Hinterrad meines Fahrrads, als sei da mit Blicken was zu machen.

»Vielleicht ist auch nur die Luft raus.«

»Man muss das Rad trotzdem abmachen.«

»Man kann es auch einfach aufpumpen und warten.«

»Ich habe aber keine Luftpumpe.«

»Ich auch nicht«, sagt Axel.

Wir schweigen, während wir unsere Räder schieben, Axel rechts von mir, so dass meine rechte Seite sich aufheizt und mein restlicher Körper taub wird, und starren auf den Weg, auf Risse im Asphalt, auf das Moos zwischen den Bordsteinen, auf einen verdreckten Gully, schließlich auf eine Wiese. Ein Rasensprenger kämmt die Luft. Ich wage nicht, aufzusehen und etwas zu sagen, denn meine Stimme klingt, wie ich sie mir in der Pause vorgestellt habe, wie die Stimme eines Jüngeren, dem die passenden Worte fehlen. Axel schlägt vor, einen Kompressor zu benutzen, das Ding an der Tankstelle, mit dem man Autoreifen aufpumpt.

»Ist das nicht verboten?«, frage ich.

»Doch«, sagt Axel.

Immerhin weiß ich, wo die nächste Tankstelle ist.

Kurze Zeit später stehen wir auf der Einfahrt. Axel gibt mir ein Zeichen, wir bücken uns und rennen zu den Zapfsäulen. Mein plattes Hinterrad springt übers Pflaster. Beim Diesel hängt an einem Pfeiler der Kompressor. Wir hocken uns neben einen schmalen Werkzeugschrank. Axel durchsucht seine Hosentaschen und zieht eine Mark raus. »Du holst uns was und lenkst den Tankwart ab. Ich mache das inzwischen mit der Luft. Ich weiß, wie das geht.«

»Und was willst du haben?«, frage ich.

»Egal«, sagt Axel. »Es geht nur ums Zeitgewinnen.«

Ich laufe gebückt zum Tankstellenhäuschen. Eine Glocke schrillt, als ich die Tür öffne. Der Tankwart reagiert nicht, er liest Zeitung. Ich stelle mich an den Tresen und lege das Markstück aufs Holz. »Haben Sie auch Motoröl?«

»Das ist eine Tankstelle«, sagt der Tankwart.

»Und ist es gut?« Der Tankwart schweigt. Vielleicht war Motoröl keine so gute Idee. Ich frage, was ein Bounty kostet. Ich hasse Bounty. Ich mag Kokos nur in Form ganzer Kokosnüsse.

»Sechzig«, sagt der Tankwart.

»Und ein Nuts?«

»Sechzig.«

»Und ein Mars?«

»Steht dran.«

»Und ein Milky Way?«

»Dreißig.« Die Stimme des Tankwarts klingt plötzlich tiefer.

»Dann kosten zwei Milky Way – «

»Sag mal, willst du mich – « Der Tankwart sieht auf und mir zum ersten Mal in die Augen. »Gehst du überhaupt zur Schule?«

»Ja, klar.«

»Und in was für eine?«

»Ins Wenckebach.«

»Und da haben sie kein Rechnen?«

»Doch.«

»Also? Was kosten zwei Milky Way?«

»Ach so«, sage ich.

»Und?«

»Sechzig natürlich.« Ich lasse meine Antwort wie eine Frage klingen, um noch etwas mehr Zeit zu gewinnen. Für einen kurzen Moment überlege ich sogar, dem Tankwart zu sagen, dass ich schwul bin. »Dann hätte ich gerne ein Nuts, bitte.«

Ich zähle das Rückgeld, indem ich die Groschen in eine Reihe schiebe und dabei meinen Mund bewege, als würde ich sie leise abzählen. Dann frage ich, wie teuer das teuerste Motoröl ist, doch der Tankwart ist der Meinung, dass ich gehen sollte. »Bei uns im Gymnasium heißt Rechnen übrigens Mathematik«, sage ich und renne, ohne mich zu bücken, zu den Zapfsäulen zurück.

»Das hat aber gedauert«, sagt Axel.

»Ja«, sage ich. Meine Stimme klingt endlich normal.

Es hat funktioniert, mein Reifen ist wieder prall. Wir steigen auf die Räder, rasen an den Zapfsäulen vorbei und bücken uns unter dem Fenster des Tankstellenhäuschens extra tief. An der nächsten Kreuzung halten wir, schnappen gleichzeitig nach Luft und essen jeder ein halbes Nuts.

»Ich habe alle Preise nachgefragt. Motoröl wollte er mir aber nicht verkaufen. Der war so dumm.«

»Wie dumm?«

»Wie ein Möbel so dumm.«

»Was für ein Möbel?«

»Eine Schrankwand.«

»Oder wie ein Teppich.«

»Wie ein Sofa.«

»Wie ein Sofa auf einem Teppich vor einer Schrankwand.«

»Wie zwei Sofas auf drei Teppichen vor tausend Schrankwänden.«

»Wie ein Fisch.«

»Wie seine Zeitung.«

»Wie ein Piepshamster.«

»Wie ein bescheuertes Kaninchen.«

»Wie die ganze bescheuerte Tankstelle.«

»Wie – wie eine Pfandflasche.«

»Ich habe auch ein Kaninchen«, sagt Axel.

»Ist es dumm?« Vom Lachen fliegt mir etwas Rotze aus der Nase.

»Ja«, sagt Axel. »Extrem dumm. Möbeldumm.«

Wir holen gleichzeitig Luft. Wir lachen gleichzeitig. Wir schlagen uns gleichzeitig an die Stirn. Wir brechen gleichzeitig über unseren Sätteln zusammen und lassen gleichzeitig unsere Arme hängen. Und dann ist es vorbei.

»Was hast du eigentlich gehabt?«, frage ich.

»Nicht so schlimm«, sagt Axel.

Als ich merke, dass das keine Antwort auf meine Frage ist, ist es schon zu spät. Wir haben den Kanal erreicht, schieben die Räder über den schmalen Weg, und Axel schlägt vor, das Rückgeld vom Nuts zu teilen. Ich bedanke mich, wieder mit viel zu junger Stimme. Am Wehr müsste Axel eigentlich abbiegen, doch er begleitet mich, als sei die Straße Richtung Hang sein normaler Heimweg. Vielleicht will er nicht, dass ich weiß, dass er an einer Straße wohnt, die auf »Ring« endet, in einem Hochhaus mit Balkonen aus Wellblech. Die Sonne spiegelt sich im Wasser des Kanals. Gleißende Flecke, die sich auf der Oberfläche winden wie geschmolzenes Licht. Nachdem ich ziemlich lange nachgedacht habe, frage ich Axel, ob Queen wirklich seine Lieblingsgruppe ist.

»Ja«, sagt er.

»Und welches Stück?«

»Somebody To Love.« Das Lied sei eigentlich ein Gebet. Freddie Mercury bitte Gott darin, jemanden für ihn zu finden, den er lieben könne, weil er jeden Abend zu Hause weine und viel Wasser im Gehirn habe. »Wahrscheinlich glaubt Freddie Mercury, dass Tränen aus Gehirnwasser bestehen. Und deine? Was ist deine Lieblingsgruppe?«

Weil ich keine habe und nicht Schubert oder Brahms sagen möchte, nehme ich die von meiner Schwester. »Supertramp.«

»Die sind auch gut.«

»Ja«, sage ich und füge nach einer Weile hinzu, dass die alle ziemlich hoch singen würden. Ich frage Axel, ob er wegen Freddie Mercury so viel über Sansibar wisse. Nein, sagt er, das sei Zufall. Er habe das im Lexikon nur wegen des Nickels in Tansania nachgeschlagen. Solche Sachen könne er sich leicht merken und würde sie dann nicht mehr vergessen. Dadurch, dass er sie wisse, komme er besser klar.

»Weißt du auch, was ein Spekulum ist?«

»Ein Keks?«

»Nein«, sage ich. »Ein Gerät, mit dem Frauenärzte, also, bei Frauen, wenn die was haben. Wenn sie. Es ist zum Reingucken.«

»Ach so«, sagt Axel.

»Ja«, sage ich. »Für unten.«

Obwohl wir langsam gehen und ich zusätzlich am Bremshebel ziehe, sind wir bei mir angekommen.

»Sven hat mir schon zweimal erzählt, dass sein Vater Frauenarzt ist.«

»Sven ist ja auch ein ziemlicher Krustenkopf.« Ich zeige auf unser Gartentor, sage, dass ich hier wohnen würde, öffne das Tor und schiebe mein Rad in den Vorgarten. Der Reifen ist noch immer prall.

Axel betrachtet das Haus. Er scheint Maß zu nehmen. Er blinzelt ins Licht und fragt, was mein Vater beruflich macht.

»Irgendwas mit Listen und Verkauf. Wir haben aber zum Beispiel überhaupt kein Haustier. Nicht mal einen Hamster. Und deiner?«

Axel zögert einen Augenblick. »Das erzähle ich dir dann.« Er schließt vorsichtig unser Gartentor, dann steigt er aufs Rad und winkt mir zu. Es sieht ziemlich lässig aus. Er bückt sich extra tief und fährt in die Richtung, aus der wir gekommen sind. Kurze Zeit später öffnet meine Mutter die Haustür. »Na? Wie war's?«

»Geht so«, sage ich und denke: Nickel. Nelken. Nuts. Axel ist nur noch ein Fleck, der am Kanal entlangrast. Und am Wehr abbiegt.

7

Wir haben unsere Handtücher in einen Kreis um ein Kofferradio gelegt, das sich Rüdiger von seinem Cousin geliehen hat, damit wir Musik hören können. Es kommen lauter Lieder, die ich nicht kenne. Obwohl woanders Platz gewesen wäre, hat Axel gefragt, ob er sich neben mich legen kann. Mehr als ein halbes Nicken habe ich nicht hinbekommen. Am liebsten würde ich die 134 Stunden, die ich Axel kenne, von meinem Leben abziehen. Bei null hätte ich keinen heißen Körper mehr und keine junge Stimme, die unpassende Wörter sagt oder lügt, bei null wäre ich wieder normal. Axels Handtuch hat gelbe Streifen, die wie gepinkelt aussehen. Ich bereue es, meine Schwester heute Morgen gebeten zu haben, mir ihr buntes Strandtuch zu leihen.

»Sind das Palmen auf deinem Handtuch?«

»Keine Ahnung. Wahrscheinlich schon.«

Ich lasse meinen Kopf darauf fallen. Auf der anderen Seite neben mir liegt Rüdiger. Aus irgendeinem Grund klebt sein Fuß an meinem Unterschenkel. Er wippt zur Musik, der Takt überträgt sich auf meinen Körper. Vierviertel, in Dur, Gitarre, Chor, Tamburin. Ich gehe auf ein musisches Gymnasium, was soll ich machen? Eine Frau mit Akzent begrüßt am Morgen den Sonnenschein. Über uns brennt die Sonne schon seit Stunden Löcher ins Blau. Es wird nicht ganz klar, mit wem die Frau in der Nacht die allerschönsten Stunden verbracht hat. Auf jeden Fall soll der Sonnenschein nicht traurig sein, denn so ist das eben, singt die Frau und macht einen Reim auf Leben. Während ich über den Text nachdenke, erscheint ein Schatten auf dem Strandtuch meiner Schwester. Der Bademeister steht breitbeinig hinter mir. »Macht das Gedudel aus.«

»Warum denn jetzt eigentlich?«, fragt Rüdiger.

»Weil hier noch andere Leute sind, du Spacken.«

Tatsächlich sind wir von Handtuchinseln umgeben, auf denen Menschen in der Sonne braten. Die meisten haben Sonnenschutz aufgetragen und glänzen wie Römertopfhähnchen. Manche fächeln sich mit Gegenständen Luft zu, manche tragen zusätzlich Kleidungsstücke auf dem Kopf, um keinen Sonnenstich zu bekommen. Auf der Insel neben uns sitzt eine Frau an eine Kühltasche gelehnt und strickt an etwas Braunem. Sie sieht uns an, als würde sie uns ins Visier nehmen. Sie wird sich beim Bademeister beschwert haben. Er ist nicht viel älter als Benjamin, der feste Freund meiner Schwester, hat aber mehr Pickel und ist extrem dürr. Von so jemandem hätte ich mehr Muskeln erwartet. Wahrscheinlich ist er nur eine Aushilfe, irgendein Hauptschüler, der keine Lehrstelle gefunden hat. Er trägt allerdings weiße Bademeisterwäsche, und Rüdiger stellt das Radio aus.

Als würde sie nicht zu ihm gehören, lässt Rüdiger seine Hand auf dem Radio liegen. Wie ein Schwammtier, das sich an ein Riff klammert. Guido macht es ihm nach und klammert sich ebenfalls ans Riff. Dann Matthias. Dann

Natalja. Dann sogar Dorothea, die unbedingt mitwollte, obwohl sie am Fuß einen Verband trägt. Vor zwei Tagen hat sie sich in Sport bei einem Kleckersprung den Knöchel verstaucht und wäre fast in die Harke gefallen. Axel versucht es vergeblich, er kommt nicht bis zum Radio, seine Hand bleibt in der Luft stehen, sein Arm ist zu kurz, sein ganzer Körper zu klein, und näher ranrücken gilt nicht. Mir gelingt es ohne Schwierigkeiten, und dann ist das Spiel vorbei. Axel ist nicht der Kleinste in der Klasse, ich glaube, das ist Jörg, aber er gehört zu den Kleineren. Eigentlich ist es kein Kunststück, schön zu sein, wenn man klein ist. Rüdiger ist groß und schön, vielleicht der Größte von uns, und mir gefällt sein Fuß an meinem Schenkel.

Rüdiger packt das Radio in seine Tasche. Wir springen auf, laufen um die Handtuchinseln und müssen uns Dorotheas Gejammer anhören, sie könne nicht so schnell und müsse überhaupt im Duschbecken gestützt werden, der Verband dürfe nicht nass werden. Matthias und ich helfen ihr. Wir fassen an ihre Ellenbogen und rutschen versehentlich in ihre Achselhöhlen. Danach wasche ich mir heimlich die Hände im eiskalten Duschwasser. Der Bademeister diskutiert gerade mit einer pastellfarbenen Blumenbadekappe. Wir nutzen den Moment und springen vom Beckenrand. Als er sich zu uns umdreht, tauchen wir prustend unter. Während die anderen rumplanschen, verwandle ich mich in ein U-11. Ich gleite kampfbereit durch die Tiefe. Die Torpedorohre sind geladen, das Sonar ortet den Grund, über mir tote Beine, Überreste einer Seeschlacht, die reglos im Wasser treiben. Ich tauche unter ihnen hindurch und versuche, mindestens eine Bahn zu schaffen, also fünfundzwanzig Meter. Als ich nicht mehr kann, sind die anderen schon wieder raus.

Sie stehen in der Schlange am Stand für Chips und Süßigkeiten. Ich hole mein Geld von der Wiese, stelle mich neben Axel und frage, was er sich kaufen wird, um den Leuten, die hinter uns in der Schlange stehen, klarzumachen, dass ich mich mit Recht vorgedrängelt habe. »Ein Nogger«, sagt er. Das ist das Eis mit den Krümeln in der Schokoladenhülle, die wie Haselnusssplitter aussehen, wahrscheinlich aber keine sind, weil die Lebensmittelindustrie sie durch etwas Wertloses ersetzt hat. Als Axel dran ist, reicht das Geld nicht. Zum Nogger fehlen zwanzig Pfennig, aber das Dolomiti, das die Verkäuferin stattdessen vorschlägt, ist kein ausreichender Ersatz, wenn man sich auf ein Nogger gefreut hat. Ich gebe ihm die beiden Groschen zurück, die er mir gestern geschenkt hat und die bis heute Morgen in meiner Hosentasche geklimpert haben.

»Danke. Und du?«

Ich sage, ich bräuchte nichts. Zwar würde mein Geld auch jetzt noch für ein Nogger reichen, sogar für ein Nogger plus Dolomiti, aber seit ich auf der Baustelle vor Axels Hochhaus gesessen habe, ist mir Reichtum peinlich. Axel zieht die Verpackung vom Eis und fragt, ob ich abbeißen wolle, ich könne den ersten Bissen haben, ihm würde es nichts ausmachen, aber ich lehne ab und lächle mit spitzen Muschellippen, als käme ich von ganz oben am Hang.

Als wir wieder auf der Wiese sitzen, bin ich auf die Süßigkeiten der anderen neidisch. Guido bläst rosa Kaugummiblasen, Rüdiger leckt Brausepulver von seiner Hand. Natalja und Dorothea teilen sich eine Lakritzschnecke. Sie knabbern an jeweils einem Strang, die entrollte Schnecke spannt sich zwischen ihnen wie ein Telefonkabel. Selbst die strickende Frau scheint an etwas aus ihrer Kühltasche herumzukauen.

Natalja benutzt ein Duschbad, die blaue Flasche liegt auf ihrem Handtuch. Rüdiger liest die Aufschrift. »Duschdas.«

»Ja«, sagt Natalja.

»Aber was soll man denn duschen?«

»Na, sich natürlich.«

»Das bedeutet sich?«

»Was?« Nataljas Zahnspange sitzt irgendwie schief.

»Es heißt doch: Dusch das.«

»Ja«, sagt Natalja. »Duschdas.«

Ich stecke meinen Kopf zwischen meine Knie. Die Linien meines Körpers sind wie mit dem Lineal gezogen. Ich bin so dürr wie der Bademeister. An mir sind keine Muskeln. Keine Hügel, keine Täler. Ich sehe aus wie eine Puppe aus zusammengehakten Stäben. Ein Klappergestell, überzogen mit weißer Haut, weder groß noch klein noch schön, auch wenn meine Mutter vielleicht anderer Meinung ist. Wäre ich wirklich eine Puppe, könnte man mich an einem Haken in einen Schrank hängen. Hinter der geschlossenen Schranktür würde ich warten, bis man mich wieder rausholt, mit aufgemaltem Lächelmund, selbst wenn ich traurig bin oder wütend oder gar nichts fühle.

Ich stehe auf, gehe um die Handtücher herum, hocke mich zu Andi und sage, dass es mir wegen neulich leidtue.

»Wegen was?«, fragt er.

»Als die anderen zu dir bescheuert waren.«

»Zu mir war keiner bescheuert. Wer denn?« Er pult sich Karamell von den Zähnen.

»Nicht so wichtig«, sage ich.

»Dann lass mich in Ruhe.«

Als wir zwei Stunden später aufbrechen, steht der dürre Bademeister am Kassenhäuschen. Er lehnt am Waschbeton, als sei Bademeister der beste Beruf der Welt. An seinem rechten Bein erkenne ich aber einen Ausschlag, und am Knie pellt sich was. Er ist ein pickliger Hauptschüler ohne Lehrstelle, wahrscheinlich aus einem Hochhausgebirge mit abwaschbaren Wänden. Ich lasse mich von der Drehtür neben ihm auf den Vorplatz tragen. Während ich mein Fahrrad aufschließe, fragt mich Rüdiger, ob wir am Wochenende mal wieder was machen wollen.

»Was denn?«, frage ich, und es klingt, als hätte ich keine Zeit.

»Fallerbahn zum Beispiel«, sagt Rüdiger. »Wenn du Lust hast.«

Ich nicke knapp, dann steige ich auf und fahre, ohne mich noch einmal umzusehen, nach Hause. Mein Rücken hofft, dass Axel mir nachblickt.

8

Es klingelt. Mein Vater geht zur Tür. Beim Frühstück hat er angekündigt, dass er den Hockeyclub heute Hockeyclub sein lassen würde, und uns erwartungsvoll angesehen. Meine Mutter und meine Schwester haben ihn genauso wenig verstanden wie ich.

»Hier ist jemand, der den Herrn Sohn sprechen möchte.«

»Ach«, sagt meine Mutter und macht sich ebenfalls auf den Weg zur Tür.

»Ich hole das Katapult«, sage ich und will hoch in mein Zimmer. Rüdiger ist früh dran.

»Ein gewisser Herr Peschke«, sagt mein Vater, und tatsächlich steht nicht Rüdiger, sondern Axel vor der Tür und betrachtet den Spalt zwischen meinen Eltern, als sei er mehr als nur Flur.

»Hallo«, sagt er.

»Hallo«, sage ich.

»Möchtest du uns nicht vorstellen?«, fragt meine Mutter.

»Das sind meine Eltern. Das ist Axel.« Weil meine Mutter ihren Gesichtsausdruck beibehält, füge ich hinzu, dass Axel neu bei uns in der Klasse ist.

»Wie schön«, sagt meine Mutter. Es klingt, als würde sie singen. »Möchtest du vielleicht hereinkommen?«

»Eigentlich wollte ich Julle was zeigen.«

»Ach was«, sagt mein Vater und zieht Axel ins Haus. Für eine Limonade unter Männern sei immer Zeit. Meine Schwester lehnt an der Wand. Ihr Körper ist so verbogen, dass man sie für einen Teil der Garderobe halten könnte.

»Meine –«, sage ich. »Egal.«

Meine Mutter gießt uns randvoll Zitronenlimonade ein. Wir stehen um den Küchentisch herum und versuchen, nichts überschwappen zu lassen. Axel und ich stürzen die Limonade hinunter, meine Eltern nippen an ihren Gläsern. Die Küchenuhr tickt, als wäre ihr langweilig.

»Was habt ihr zwei denn vor?«, fragt meine Mutter.

»Ich möchte Julle was zeigen.«

»Und was?«

»Im Wald«, sagt Axel.

»Hier bei uns im Wald am Hang?«

»Nein. Hinter der Siedlung.«

»Da ist auch Wald?«, fragt meine Mutter.

»Nun lass die Jungs doch mal«, sagt mein Vater. Er wartet noch, bis Axel ausgetrunken hat, dann schiebt er ihn mit derselben Entschlossenheit, mit der er ihn vorhin ins Haus geholt hat, wieder hinaus. »Die wissen schon, was sie machen.«

Während ich mich auf dem Treppenabsatz mit einem Knoten im Schnürsenkel abmühe, sehe ich aus dem Augenwinkel, dass Axel den Reifendruck an meinem Hinterrad prüft. Meine Stimme will in meinem Hals schon wieder jünger werden. Wir verabschieden uns von meinen Eltern und schieben die Räder auf die Straße. Axel fährt vor, ich folge ihm. Wir bücken uns extra tief.

Am Wehr überqueren wir den Kanal. Statt an der eingezäunten Baustelle in die Straße einzubiegen, die auf »Ring« endet, fahren wir geradeaus weiter. Die Fahrbahn verengt sich zu einer einspurigen Allee. Sie führt an einer Autowerkstatt vorbei, einem Teppichverkauf und dem Partyzelt einer christlichen Gemeinde auf dem Parkplatz eines Kohlenhandels. Jesus grüßt von einem Plakat. Seine erhobene Hand leuchtet wie eine Fackel. Hinter dem Parkplatz macht die Straße eine Kurve, führt unter einer Bahntrasse hindurch, und dann ist die Stadt zu Ende. Der Allee fehlt nun der Bordstein, die Häuser, die noch kommen, haben keine Hecken mehr, und hinter den dicht stehenden Bäumen liegen Wiesen und Felder. Es riecht nach Wald.

Axel eiert, dann bremst er scharf. Ich muss ausweichen, um ihm nicht hintenrein zu fahren. »Wir können die Räder nicht mitnehmen. Wir müssen über die Wiese.« Ich will mein Rad an einen Baum anschließen, doch Axel zeigt auf ein Gestrüpp. »Da rein. Es ist besser, wenn wir nicht gesehen werden.« Wir schieben die Räder in die Blätter und klemmen ein paar Zweige an die Gepäckträger. »Komm.« Die Wiese ist mit Elektro-Drähten umzäunt.

»Das ist eine Weide«, sage ich.

»Ja und?«

»Ich will keinen Schlag kriegen.«

»Kriegst du auch nicht.«

»Das ist hier für Kühe.«

»Die sind aber nicht da.«

»Und wo sind die?«

»Keine Ahnung. Vielleicht schon geschlachtet.«

»Oder beim Melken?«, sage ich, weil mir die geschlachteten Kühe leidtun.

»Ja«, sagt Axel und sieht mich an. »Oder sie schlafen gerade.«

»An einem Samstagvormittag?«

»Das ist doch den Kühen egal.«

Das Gatter ist verschlossen, wir passen aber durch die Stangen. Axel springt über die Kuhfladen, er scheint sich hier auszukennen. In der Mitte der Weide steht eine Badewanne auf zertrampeltem Grund. »Komm runter«, sagt Axel und hockt sich hin. Ich kauere mich neben ihn. Das Wasser, das in der Wanne steht, ist faulig und verdreckt. Auf der Oberfläche hat sich ein schleimiger Film gebildet. Insekten tanzen darauf. Und aus so was machen Kühe nun Milch.

»Das ist eklig«, sage ich. »Die trinken von dem Gammel da.«

»Die Milch wird aber abgekocht, bevor die in die Tüten kommt.«

»Die Milch wird vorher abgekocht?«

Axel nickt, springt auf und rennt auf eine Stelle zu, an der der Elektrozaun etwas durchhängt. Ich würde eher zehn Bountys essen als einmal die Haut von gekochter Milch. Ich renne hinter Axel her und springe über die stinkenden Krusten im Gras.

»Vorsichtig. Ich glaube, hier ist trotzdem ein bisschen Strom drauf.«

Wir machen ein paar Verrenkungen, um ohne elektrischen Schlag über den Zaun zu kommen. Auf der anderen Seite wächst ebenfalls Gestrüpp. Hummeln brummen von Blüte zu Blüte und schaffen sich Pollen auf die Beine. Mit einem großen Sprung gelangen wir auf einen schmalen Pfad, der zwischen einzelnen Bäumen zu einer dicht bewaldeten Senke führt. Er endet abrupt an einer Abbruchkante. Axel bahnt uns einen Weg durchs Unterholz. Der Wald riecht hier nach Rauch.

Und dann stehen wir vor einer niedergebrannten Hütte. Sie ist nicht viel größer als ein Wohnwagen. Das Feuer hat ein Loch ins Dach gefressen, Teerpappe hängt in Fetzen herab. Die Scheibe im einzigen Fenster ist geborsten, die Tür steht offen, sie hängt schief in den Angeln. Ein Sofa ist hinausgeschafft worden, der Kunstlederbezug ist zusammengeschnurrt und sieht wie die Haut eines Elefanten aus. Im Inneren der Hütte bedeckt Ruß die Wände. Das verkohlte Mobiliar ist feucht vom Löschwasser. Eine Hängelampe ist zu einem Klumpen geschmolzen, ein Regal ist umgekippt.

»Qualmt die noch?«, frage ich.

»Das kommt dir nur so vor«, sagt Axel. Er zieht mich am Hemd. »Ich will dir was zeigen.« Auf der Rückseite der Hütte liegen Scherben im Gras, zu Asche zerfallenes Papier und verteilt zwischen den Bäumen vielleicht fünfzehn Röntgenbilder in unterschiedlicher Größe, vielleicht auch mehr, anscheinend alle intakt.

»Abgefahren, oder?«, sagt Axel.

»Auf jeden Fall«, sage ich.

Axel hebt ein kleines Bild vom Boden auf und hält es für mich gegen das Licht. »Das ist ein Daumen. Der Daumen einer rechten Hand. Von einem Patienten aus der Paracelsusklinik in Offenburg. Karl Siebert, geboren am 6. September 1923, versichert bei der AOK Süd-West.«

»Woher weißt du das?«

»Steht drauf«, sagt Axel.

»Du hast aber nicht hingeguckt.«

»Das habe ich mir gemerkt.«

»Und was ist an dem kaputt?«

»Keine Ahnung.« Axel gibt mir das Bild. Gegen das Licht gehalten, sind die Knochen des Daumens ein heller Schimmer in dunklem Nebel. Sie sind sehr klein.

»Vielleicht ist da was gebrochen.«

»Dann hat der sich aber oft was gebrochen.« Axel zeigt auf die anderen Aufnahmen.

»So was gibt es. Dass man sich oft was bricht. Eine Nachbarin von uns hat das.«

»Aber warum liegt das hier draußen rum?«, fragt Axel.

Wir heben die übrigen Bilder auf. Auf einigen der größeren erkennt man ein Herz und eine Lunge. Das Herz ist auf allen Bildern der gleiche helle, etwas nach rechts verschobene Beutel, die Lunge ist ein dunkler, auf den Bildern unterschiedlich gefleckter Dunst in einem Käfig aus Rippen. Ein schmales Bild zeigt ein Kniegelenk, ein breites einen Beckenknochen in Form eines Schmetterlings mit löchrigen Flügeln. Unter dem Schmetterling wirft etwas einen gurkenförmigen Schatten. Ich beiße die Zähne aufeinander.

»Guck mal«, sagt Axel und lacht. »Durch die Unterhose durch.«

Ich lache ebenfalls, aber so, als sei ich nicht sonderlich interessiert. Der Schatten ist fast doppelt so groß wie meiner und zeigt nach links.

Axel findet das Bild eines Schädels, von der rechten Seite aufgenommen. Er hält es gegen das Licht. Das ist also Karl Siebert aus Offenburg. Seine Zähne sind vollzählig, seine Nase fehlt.

»Was meinst du, was mit dem passiert ist?«, frage ich.

»Entweder hat er beim Kochen nicht aufgepasst oder beim Rauchen oder vielleicht beim Heizen, oder jemand hat hier absichtlich Feuer gelegt.«

»Warum sollte er denn im Sommer heizen?«

»Eben«, sagt Axel. Er saugt an seinen Lippen, sein Blick wirkt fiebrig. »Wenn er da drin verbrannt ist, ist er geschrumpft. Menschen, die verbrennen, schrumpfen. Die Haut verkohlt, und es tritt Fett aus. Sie verschmoren. Danach sehen sie wie Baumwurzeln aus.«

»Meinst du, die Feuerwehr hat ihn trotzdem mitgenommen?«

Axel schweigt. Er blinzelt zur Hütte hinüber, und ich weiß, dass er darüber nachdenkt, ob wir nachsehen sollten. Ich weiß es, weil ich selbst darüber nachdenke. »Wir gehen da besser nicht rein. Vielleicht sind da noch Glutnester.« Ich bin ziemlich froh, dass mir das Wort einfällt.

Ohne uns abzusprechen, beginnen wir, die Röntgenbilder zu säubern. Wir blasen den Schmutz von ihnen und glätten sie, wenn sie geknickt sind. Wir sortieren sie nach Größe. Am Ende sind es siebzehn Aufnahmen, die Axel übereinanderlegt. »Wenn Karl Siebert wirklich verbrannt ist, sind die Bilder der einzige Beweis, dass er einmal groß war.«

Diesen Beweis werden wir sichern. Wir setzen uns mit unserem Fund vor die Hütte auf die unversehrte Lehne des Kunstledersofas und einigen uns darauf, dass wir Karls Besitz, solange sein Verbleib ungeklärt ist, in Obhut nehmen, entweder, um ihn für ihn aufzubewahren oder um ihn, im Fall seines durch Brandschrumpfung verursachten Todes, als Nachlass zu verwalten. Wir brauchen einige Zeit, bis der Entschluss wie gedruckt klingt. Dann besiegeln wir ihn mit einem Handschlag.

»Und wie hast du das hier entdeckt?«, frage ich.

»Einfach so«, sagt Axel. »Beim Rumgehen.«

Selbst auf der Weide voller Kuhfladen rieche ich jetzt den Brand. Wir laufen am Elektrozaun entlang, um möglichst nicht aufzufallen. Nachdem wir durchs Gatter geschlüpft sind und die Räder aus dem Gestrüpp geholt haben, sortieren wir die Röntgenbilder ein zweites Mal.

»Wer nimmt sie?«, fragt Axel.

»Du«, sage ich. »Du hast sie gefunden.«

»Du kannst sie dir aber immer ansehen, wenn du willst.«

»Und wo?«

»Bei mir.«

»Bei dir zu Hause?«

»Ja«, sagt Axel. »Ich wohne nicht weit.« Er rollt die kleinen Aufnahmen in die großen, steckt sich die Rolle hinten in die Hose und steigt aufs Rad. »Vorne in der Siedlung.«

Während wir die Allee entlangrasen, stelle ich mir vor, wie Jesus' leuchtende Plakathand langsam verschmort. Die Haut verkohlt, es tritt Fett aus, am Ende bleibt ihm zum Segnen nur noch ein Klumpen, der kleiner als die Pfote eines Kaninchens ist. An der Kreuzung zur Straße, die auf »Ring« endet, halten wir.

»Besser, wir sagen niemandem was. Vielleicht war Karl Siebert in irgendwas verwickelt. Wir könnten da reingezogen werden.«

»Na klar nicht«, sage ich. »Wir sind ja nicht dumm.« Ich werde das Gefühl nicht los, dass Axel eigentlich ganz gerne in etwas hineingezogen werden würde.

»Vertrag«, sagt er und reicht mir noch einmal die Hand.

»Vertrag«, sage ich, schlage ein und wünsche mir, dass die Hand, die in meiner Hand liegt wie ein Schwammtier, das an einem Riff klammert, niemals zu einem Klumpen werden wird.

»Der arme Karl«, sagt Axel.

»Ja«, sage ich. »Das finde ich auch.«

9

Ich muss heute nur zehn Minuten üben. Meine Mutter findet die Musikstücke ziemlich eintönig, die mir Herr Böhler in letzter Zeit aufgegeben hat. Als ich gestern mit Axel unterwegs war, ist Rüdiger vorbeigekommen und musste sich wahrscheinlich mit ihr über seine Bratsche unterhalten. Heute ist Sonntag, und ich fahre ihn besuchen. Wir lassen unsere Fallerbahn-Katapulte gegeneinander antreten. Er hat sein Katapult erst seit vier Wochen. Seine Wagen gewinnen, fliegen aber auch leichter aus der Kurve. Wir unterhalten uns über Guido, der bei sich zu Hause einen Kurzschluss plus Kabelbrand verursacht hat, nachdem er einen Staubsauger, ein Bügeleisen und eine 500-Watt-Fotolampe gleichzeitig an einen Dreifachstecker gehängt hat. Rüdiger fragt, ob Axel Peschke neuerdings mein Freund sei. Ich weiß ungefähr, wo Axel wohnt. Ich habe vor seinem Haus gesessen. Er war bei mir zu Hause. Ich habe mit ihm über einen Tankwart gelacht. Wir haben uns ein Nuts geteilt. Wir haben den gleichen Eisgeschmack, wir mögen beide Nogger. Wir ekeln uns vor gammeligem Wasser. Wir haben ein Geheimnis und darüber einen Vertrag per Handschlag. Und wir bewundern Sänger, die hoch singen können. »Kann sein«, sage ich und traue mich nicht, Rüdiger anzusehen. Mein nächster Wagen fliegt auch aus der Kurve. Er landet auf dem Dach und schlittert über den Boden.

10

Nach der Schule holen wir uns am Kiosk Rolos, Salinos, Nappos, Bonitos oder Schaummäuse. Guido kauft sich ein trockenes Brötchen. Er findet, er hat davon mehr als von den ganzen Süßigkeiten. Matthias aus der Parallelklasse kauft sich nichts. Matthias aus der Parallelklasse hat Diabetes.

Wir reden über Mädchen, konkret über Bettina. In Reli hat Frau Rieder von ihr verlangt, den Knoten in ihrer Bluse zu lösen und die Bluse in ihren Jeansrock zu stecken. Um nackte Haut zu zeigen, sei der Religionsunterricht denkbar ungeeignet. Bettina hat ihr Reli-Buch aufgeklappt, auf ein Bild von Jesus am Kreuz gezeigt und Frau Rieder gefragt, was denn dann bitte das sei. Das sei der leidende Jesus, hat Frau Rieder gesagt und dass sie Bettina enttäuschen müsse, ihre Unverschämtheit verfehle angesichts der erschütternden Passion Christi ihre Wirkung, für Blödeleien sei der Heiland nicht zu haben. Aus irgendeinem Grund hat sie dabei in ihre Handtasche geblickt. Dann ist sie aufgestanden und hat den Grundriss des Tempels von Jerusalem an die Tafel gezeichnet. Währenddessen haben sich viele von uns den Jesus im Reli-Buch angesehen. Er ist dürr, aber nicht so dürr wie der Bademeister von neulich, und hat schöne Füße. Von den Händen erkennt man nicht viel, sie sind von Nägeln durchbohrt. Die Wunde, die ihm der römische Soldat zugefügt hat, klafft auseinander, seine Augen sind geschlossen, wahrscheinlich, damit ihm kein Blut von der Dornenkrone hineinläuft. Die Brustwarzen sind für einen Heiland extrem klein.

Rüdiger, der seit ein paar Tagen neben mir sitzt, weil Andi mit ihm den Platz in der ersten Reihe getauscht hat, hat den Finger auf Jesus' Lendenschurz gelegt und geflüstert: »Ein Windstoß, und man kann von dem sein Ding sehen.«

»Meinst du, er hatte eins?«

»Na klar«, hat Rüdiger gesagt. »Er ist doch für uns Mensch geworden.«

»Und wie sah es aus?«, habe ich gefragt. Ich muss aufpassen, ich werde unvorsichtig.

Doch Rüdiger hat sich nichts anmerken lassen. »Normal, nehme ich an. Aber beschnitten. Jesus war Jude.«

Bevor ich fragen konnte, was das bedeutet, hat Frau Rieder Rüdiger aufgefordert, seine Aufmerksamkeit freundlicherweise dem Allerheiligsten des Salomonischen Tempels zuzuwenden, und wenn Frau Rieder höflich wird, sollte man aufpassen.

Andis Zähne sind bonitobraun. Er findet, dass Bettina eindeutig eine Göttin ist. Rüdiger sagt, dass Andi den Mund halten solle, und bohrt seinen Ellenbogen in seine Schulter. Andi quiekt, dass sein Onkel so was aber über jede gutaussehende Frau sagen würde.

»Heißt der vielleicht auch Rogalski?«, fragt Rüdiger.

»Natürlich«, sagt Andi. »Er ist ja der Bruder von meinem Vater.«

Sven schält die Schokolade von seinem Rolo und untersucht das Karamell, das zäh über seine Finger fließt. »Sie ist eben schon ziemlich weit.«

»Wer?«, fragt Guido.

»Bettina. In ihrer Entwicklung. Wahrscheinlich hat sie schon Schamhaar.« Sven möchte wie sein Vater Frauenarzt werden.

»Du etwa nicht?«, fragt Guido. Sven wird rot und schmiert sich versehentlich etwas Karamell in die Haare. Rüdiger fragt Axel, ob er Bettina auch für eine Göttin halte.

»Ich glaube nicht an Gott«, sagt Axel. Und weil alle ihn ehrfurchtsvoll ansehen, fügt er hinzu, dass ihm Bettina zwar gefalle, er aber auch Dorothea gut finde. Ich beiße einer Schaummaus den Kopf ab.

Plötzlich kommt Bettina und fragt, worüber wir uns unterhalten.

»Über Religion«, sagt Axel. Ich glaube, er ist der Einzige, der nicht rot wird.

»Und warum?«, fragt Bettina.

»Wegen der Sache mit dem Reli-Buch«, sagt Axel, »vorhin bei Frau Rieder.« Und dass Bettina recht gehabt habe, auf den meisten Darstellungen sei der gekreuzigte Jesus fast nackt, und in der Kirche hänge er einem sogar direkt vor der Nase, da könne Frau Rieder sagen, was sie wolle, viel mehr nackte Haut gehe nicht, und auf den Bildern, die Jesus als Baby zeigten, wäre häufig sogar sein Penis abgebildet, und die Jungfrau Maria würde ihm die Brust geben, nur damit wir die auch mal zu sehen bekämen.

Ich starre Axel an, und er wird unscharf. Dann die anderen. Dann sogar der Kiosk. Ich habe noch nie, wirklich noch nie ein Kind, nicht mal ein älteres, das Wort »Penis« sagen hören. Natürlich hat es meine Mutter schon ein paarmal gesagt, aber da ging es immer ums Waschen.

Bettina lächelt. Sie kauft sich ein trockenes Brötchen, höhlt es aus, steckt das Duplo, das sie sich ebenfalls gekauft hat, ins Loch, quetscht das Brötchen, beißt hinein und geht wieder. Wir starren ihr nach. Ein Duplo hat von uns niemand gekauft.

Am Wehr lehnt ein Mann am Geländer und glotzt aufs trübe Wasser. Neben ihm liegt ein Hund mit einem kegelförmigen Kragen um den Hals. Ich steige vom Rad. Als das Tier mich bemerkt, springt es auf und zerrt knurrend an der Leine. Mein Geruch gefällt den meisten Hunden nicht.

»Ravioli! Platz!« Der Mann tritt nach dem Hund, und der Hund legt sich winselnd zu seinen Füßen. »Glaub mal nicht, dass der nichts tut. Das stimmt nämlich nicht. Wenn du dich mit dem anlegst, wirst du das schon sehen.«

»Was denn zum Beispiel?«, frage ich.

»Dass der dich beißt zum Beispiel«, sagt der Mann. »Was hast du denn gedacht?«

»Ich dachte, das geht nicht, wegen der Tüte da.«

»Die ist nur, damit er sich nicht leckt. Gegen Beißen hilft die nichts. Wenn du den wütend machst, hält den auch die Halskrause nicht auf.«

»Hab ich auch gar nicht vor«, sage ich.

»Na, dann ist ja gut«, sagt der Mann. »Der würde nicht viel von dir übriglassen und dir zum Abschied noch in die Latschen kacken.«

»Lieber nicht«, sage ich, und obwohl ich den Mann für ebenso gefährlich halte wie seinen Hund, frage ich: »Heißt er wirklich Ravioli?«

»Ist ein italienischer Hund«, sagt der Mann, lehnt sich über das Geländer und glotzt wieder auf den Kanal. Ich haue ab. Hunde können fast alles riechen. Ob man Angst hat oder keine oder Krebs oder ob man gerade auf dem Klo war. Vielleicht kann so ein Hund auch riechen, ob man schwul ist. Und vielleicht würde ihm das nicht gefallen.

Zu Hause übe ich vor der zimmerbreiten Spiegelschrankwand im Schlafzimmer meiner Eltern normales Gehen auf kurzer Strecke. Es ist zwecklos. Meine Beine stelzen über den Teppich, als wären sie in meinem Becken nur eingehakt. Meine Kniegelenke sind steif. Sobald ich es mit beweglicheren Knien versuche, gehe ich so breitbeinig, dass es aussieht, als hätte ich mir in die Hose gemacht. Was das Gehen anbelangt, bin ich ein Witz. Unter den Gedanken über Jesus in der Wüste habe ich in meinem Reli-Heft aufgelistet, was mit meinem Körper geschieht, wenn ich nicht ausreichend aufpasse. Dort steht: »Bloß nicht machen: 1. Auf einem Bein stehen, das andere angewinkelt, wodurch der Arsch einknickt. 2. Beim Gehen mit dem Arsch wackeln. 3. Im Sitzen die Beine übereinanderschlagen und die Hände über Kreuz auf die Knie legen. 4. Gesten machen, die Schnörkel in die Luft zeichnen. 5. Aus Bosheit schrill lachen. 6. Durch die Nase reden. 7. Die Augen aufreißen. 8. Die Augen verdrehen. 9. Besonders aufpassen: Niemanden zu lange ansehen, schon gar nicht Jungs und auf keinen Fall denen auf die Hose.« Immerhin steht mein kleiner Finger nicht ab, auch wenn er zu schwach zum Geigespielen ist, und Schlagbälle werfe ich weiter als ein Achtel Fußballfeld, und zwar ohne Spaß, mit Spaß würde ich wahrscheinlich ein Viertel schaffen. Matthias schafft dieselbe Strecke mit Medizinbällen. Er hebt auch die Papierkörbe im Schulgarten hoch, wenn sie bis oben hin voll sind, und einmal hat er ein Fahrrad aufs Vordach der Aula geworfen. Mein Körper fühlt sich an, als würden sich in seinem Inneren keine Knochen befinden.

Kein Gerüst, nichts, das ihn aufrichten könnte. Ich fixiere eine der oberen Kanten der Türen in der zimmerbreiten Spiegelschrankwand und strecke mich in ihre Richtung. Jetzt stehe ich gerade. Meine Gelenke knicken wahrscheinlich nur ein, weil ich sonst nicht merken würde, dass ich welche habe. Unter die Liste im Reli-Heft habe ich ein Gedicht über meinen Körper geschrieben. Es fängt mit dem Wort »Watte« an. Mehr habe ich noch nicht.

Meine Mutter sitzt am Küchentisch und zeichnet Kringel in eine Skizze, die wie ein Plan unseres Gartens aussieht.

»Was machst du?«

»Ich möchte die Bodendecker umsetzen und überlege mir, wie es schön aussehen könnte.«

Ich setze mich zu ihr. »Du müsstest sie in ihren Farben anmalen, damit du es dir besser vorstellen kannst.«

»Ihre Farben habe ich im Kopf. Ich kann sie mir auch so ganz gut vorstellen.«

»Dieser zum Beispiel? Welche Farbe hat der?«

»Der ist weiß. Mit einem leichten Blauschimmer.«

»Und der?«

»Der ist gelb.«

»Und der?«

»Der blüht nicht. Der ist immergrün.«

»Und der?« Ich zeige auf einen einsamen Kringel.

»Jetzt überleg doch mal. Das ist unser Apfelbaum!«

»Aber der Kringel sieht genauso aus wie die für die Bodendecker.«

»Die Kringel sind doch nur Zeichen, keine naturgetreuen Abbilder.«

Vielleicht ist mein Körper ja auch nur ein Zeichen. Ich würde meine Mutter gerne fragen, was sie sich vorstellt, wenn sie ihn sieht, aber ich lasse es, sie würde es wahrscheinlich nicht verstehen. Stattdessen frage ich nur, ob ich schon einmal geröntgt worden bin.

»Ja, als du das Loch im Kopf hattest.«

»Ach so«, sage ich. Ich denke nicht gerne daran. Ich war noch klein und habe geglaubt, dass ich irgendwann fliegen könnte und es nur eine Frage der Übung wäre. Ich habe stundenlang geübt. Ich habe im Flur Anlauf genommen, bin in mein Zimmer gerannt, bin auf Höhe des Schreibtischs abgesprungen und auf idealer Flugbahn aufs Bett geflogen – und eben einmal weniger ideal gegen die Kommode. Das Loch wurde mit vier Stichen genäht. »Gibt es das Bild noch?«, frage ich.

»Nein«, sagt meine Mutter. »Das haben sie im Krankenhaus behalten.«

Ich wundere mich, dass sie nicht nachfragt, warum ich mich für mein Röntgenbild interessiere. Sie ist aber auch sehr mit dem Garten beschäftigt. Sie radiert Kringel aus, um an ihrer Stelle Kringel zu zeichnen, die den ausradierten bis aufs Haar gleichen. Mir ist es egal. Ich finde Bodendecker einfach nur langweilig.

Oben lasse ich mich aufs Bett fallen. Etwas Fischertechnik, mit der ich mir ein Periskop bauen möchte, gräbt sich in mein linkes Schulterblatt. Ich mache mich schwer und stelle mir vor, wie die Technik in meinen Körper eindringt und sich Nut für Nut, Zapfen für Zapfen zu einem Skelett zusammensetzt. Ein graues Gerippe mit roten Gelenken, das von einem Elektromotor angetrieben wird. Mein Kopf ist ein Hohlraum aus Fischertechnik. Er denkt absolut nichts. Nicht einmal an Axel. Allerdings bereue ich, dass ich ihm die Röntgenbilder überlassen habe. Ich hätte mir gerne einmal in Ruhe den Schatten auf Karl Sieberts Beckenaufnahme angesehen. Ich füge meiner Liste im Reli-Heft einen weiteren Punkt hinzu: »10. Nicht so oft an die von den anderen denken, auch wenn sie nur Schatten sind.«

Den Rest des Tages sehe ich fern, esse was, sehe fern, esse noch was und sehe wieder fern, bis mein Vater bemerkt, dass ich noch immer fernsehe und mich ins Bett schickt. »Das ist Telly Savalas. Das ist nichts für Kinder.« Auf der Treppe stelle ich mir vor, dass mich die Fischertechnik hochträgt. Und plötzlich geht es. Endlich tut mein Körper das, was er soll. Zuverlässig wie eine Maschine bringt er mich die Stufen hinauf und über den Flur in mein Zimmer. Er macht keine überflüssige Bewegung. Ich kontrolliere ihn. Er gehorcht. Ich bin ein Zeichen, das sich niemandem verrät.

Mein Gedicht ist fertig geworden. Es lautet: »Watte. Zuckerwatte. Watte am Stiel.«

11

Peschkes wohnen im siebten Stock, es dauert, bis man sie auf dem Klingelbrett gefunden hat. Kießling, Wittmann, Zambrano, Raschke, Ünlü, H. Fischbach und R. Fischbach, Wollgast, Peschke. Ich warte einen Moment und überlege mir einen Satz, den ich zur Begrüßung sagen könnte, dann drücke ich die Klingel. Ein Summer entriegelt die Tür. Im Fahrstuhl faltet sich der Eingang auseinander. Durch die schmalen Fenster kann man den Fahrstuhlschacht vorbeifliegen sehen. Im siebten Stock glänzt der Flur korallenrot mit einem hellen Streifen. Wahrscheinlich ist er unterhalb des Streifens abwaschbar. Zwischen Ünlü und Wollgast befindet sich eine Stahlklappe in der Wand, mit Drehrad, wie die Luke eines U-Boots. Ich klingle bei Peschke, einen Augenblick später öffnet Axel die Tür.

»Wieso ist da eine Luke auf dem Flur?«

»Wo?«

»Das mit dem Rad da.«

»Das ist der Müllschlucker.« Axel tritt aus der Wohnung. Er dreht am Rad und öffnet die Klappe. Es stinkt nach Gammel. »Da schmeißen wir den Müll rein.«

»Und wo kommt der raus?«

»Irgendwo unten.«

»Und dann?«

»Dann wird er abgeholt. Schlucki.« Axel schließt die Klappe und führt mich in die Wohnung. Der Wohnungsflur ist ein schmaler Gang, von dem mehrere Türen abgehen. Sie sind bis auf eine verschlossen. »Soll ich dir die Wohnung zeigen?«

»Gerne.«

»Hier ist unser Bad.« Axel zeigt auf eine Tür neben dem Eingang. »Daneben ist das Schlafzimmer, hier die Küche, das ist mein Zimmer, da gehen wir gleich rein, und da vorne ist das Wohnzimmer.«

»Und wo sind deine Eltern?«

»Mein Vater ist unterwegs, und meine Mutter lebt nicht mehr.«

»Oh«, sage ich, und nachdem ich fieberhaft nachgedacht habe: »Das tut mir sehr leid.«

»Deshalb sind wir umgezogen. In der Wohnung davor wollte mein Vater nicht bleiben.« Axel stößt die Tür zum Wohnzimmer auf. »Das Wohnzimmer.« An einer kahlen Wand steht ein verschlissenes Sofa, dem Sofa gegenüber ein leeres Regal. Neben dem Regal liegt ein Stoß Bücher. Mehrere beschriftete Kartons stapeln sich im Raum. »Geschirr«, »Töpfe«, »Akten«, »Wäsche«, »Kleinkram«, »Spielzeug«. Auf einer Kiste steht »Susanne«. Auf dem Sofa liegen einige Kleidungsstücke mitsamt Bügeln, auf der rechten Armlehne steht ein voller Aschenbecher. »Mein Vater ist noch nicht so richtig zum Auspacken gekommen.« Axel schiebt mich auf den Flur zurück. »Willst du das Schlafzimmer auch sehen?« Ich schüttle den Kopf.

Axel öffnet die Tür zu seinem Zimmer, und es ist, als würde man eine andere Welt betreten. Direkt neben der

Tür steht ein Bett an der Wand. Es ist sorgfältig gemacht, auf der Tagesdecke liegen zwei Kissen. Unter einem Fenster steht ein Schreibtisch. Stifte, Anspitzer, Radiergummi, alles ordentlich, ein paar Schulbücher, die Buchrücken haarscharf übereinander. Neben dem Schreibtisch lehnt ein Geigenkasten an der Wand, davor steht ein Notenständer. Einen Schrank gibt es nicht, aber unter dem Bett befinden sich zwei große Bettkästen. An der Wand gegenüber ist eine Postkarte mit der Aufnahme einer Urlaubslandschaft an die Tapete gepinnt. »Das ist der Titisee«, sagt Axel. »Im Schwarzwald.«

Er zieht einen der Kästen unter dem Bett hervor. »Also. Ich habe die Bilder nach Körperteilen sortiert.« Auf mehreren Kleiderstapeln liegen die Röntgenbilder von Karl Siebert. Axel verteilt sie auf dem Spannteppich. »Die meisten Bilder sind von seiner Lunge. Sie hat unterschiedlich helle Flecken. Die Bilder sind Negative. Hell ist schlecht. Wahrscheinlich hatte Karl Probleme mit den Lungen. Vielleicht hat er wirklich zu viel geraucht und deshalb aus Versehen die Hütte angezündet. Da können wir aber nicht sicher sein. Dann gibt es zwei Bilder von seinem linken Unterarm. Von oben und von der Seite. Sie zeigen dieselbe Verletzung. Ein glatter Bruch durch die Speiche. Das habe ich nachgeschlagen. Das ist der Knochen, der beim Daumen anfängt. Was mit dem Daumen an der anderen Hand passiert ist, kann man nicht erkennen. Das Bild ist unscharf. Und dann gibt es noch das Bild von seinem Becken. Auf der rechten Seite ist unten etwas ein bisschen verschoben. Ich nehme an, dass er sich da auch was gebrochen hat. Sein Ding sieht aber ganz gesund aus.« Axel kichert leise vor sich hin.

Ich tue so, als würde ich mitspielen. »Ja. Ganz gesund. Vielleicht etwas hell.«

»Wahrscheinlich der Anfang von dieser Penis-Krankheit.«

»Ja, genau«, sage ich. »Schlimm.« Axel hat zum zweiten Mal »Penis« gesagt.

»Die ist in Sansibar ja sehr verbreitet, weil es da so heiß ist und die da meistens nackt rumlaufen und sich aus purer Langeweile vorne ins Loch Nelken reinstecken, und manchmal verschwinden die, als würden sie eingesaugt werden, und dann muss man die per Röntgenbild suchen, weil, da könnte ja sonst was passieren.«

Ich halte die Beckenaufnahme gegen das Licht. »Ich kann aber keine Nelken erkennen.«

»Wenn man zu lange wartet, können die sich da drin auflösen. Dann kann man sie nur noch riechen.«

»Meinst du, Freddie Mercury hat auch diese Krankheit?«

»Fast alle Männer aus Sansibar haben diese Krankheit.«

»Die Armen. Sie haben Nelkenpenis. Aus ihrem Loch riecht es nach Weihnachten.« Wir lachen, bis der Witz verbraucht ist. Die Stille, die folgt, ist wie ein schwarzer Dunst.

»Hast du Hunger?«, fragt Axel.

»Ja«, sage ich. Wir räumen Karl Sieberts Röntgenbilder, nach Körperteilen sortiert, zurück in den Bettkasten. Beim Rausgehen zeige ich auf die Postkarte an der Wand und frage Axel, ob er dort schon einmal gewesen ist.

»Ja. In Himmelreich. So heißt der Ort. Man muss durchs Höllental, um dahin zu kommen.«

Axel holt Teller aus dem Wohnzimmer und schmiert uns an einem schmalen Küchentisch Brote mit jeweils zwei Scheiben Zervelatwurst. Bevor er mir meinen Teller rüberschiebt, schneidet er die Kruste von den Scheiben, so wie es Frau Walther tun würde.

Auch in der Küche lastet eine Stille aus schwarzem Dunst. Ich brauche etwas, bis ich mich traue, Axel zu fragen, woran seine Mutter gestorben ist. Ich denke dabei an meine Mutter, die Kringel als Zeichen für Bodendecker in einen Plan unseres Gartens malt.

»Manchmal sage ich einfach, dass sie weggegangen ist. Dass sie einen anderen Mann kennengelernt hat, einen, der Geld hat. Dass der sie angesprochen hat, irgendwo in der Stadt, und dass sie in ein teures Restaurant gegangen sind. Sie ist dann bei ihm eingezogen. Natürlich hat sie geweint, weil sie mich nicht mitnehmen konnte, aber Kinder sind in der Villa des neuen Mannes nicht erlaubt. Das liegt an der Mutter von dem Mann. Die wohnt in einem Seitenflügel und glaubt, dass Jesus Kinder nicht leiden kann.«

»Warum nicht?«

»Sie stören ihn. Sie reden ihm zu viel dazwischen.«

»Das glaube ich auch von Jesus.«

»Auf jeden Fall ist der Mann Chef von einer Nickelmine in Tansania.«

Wir lachen, dann frage ich, was Axels Vater von Beruf ist.

»Er verkauft Rechenmaschinen. Aber im Moment nicht.«

»Und was macht er im Moment?«

»Keine Ahnung«, sagt Axel. »Er geht rum.«

Ohne ihn zu kennen, stelle ich mir Axels Vater vor, der in der Stadt rumgeht auf der Suche nach seiner Frau. Er wird immer dünner, weil er sich noch nicht mal ein billiges Restaurant leisten kann. Irgendwann erreicht er eine Unterführung unter einer Bahntrasse. Er entschließt sich, weiterzugehen, weiter und immer weiter. Allmählich verschwindet die Landschaft. Was übrigbleibt, ist die glühend heiße Wüste. Dort trifft er auf den fastenden Jesus, und sie widerstehen gemeinsam dem Teufel.

»Seitdem meine Mutter tot ist, darf ich eigentlich alles. Zum Beispiel fernsehen, wann ich will. Hast du Lust?« Ohne meine Antwort abzuwarten, steht Axel vom Tisch auf und verschwindet im Wohnzimmer. Ich fasse in den schwarzen Dunst, doch er lässt sich nicht fortschieben. Kurz darauf schleppt Axel ein kleines Fernsehgerät in die Küche. Er steckt den Stecker ein, schaltet das Gerät an und richtet die Antenne aus. Nach einer Weile schneit sich ein Bild zurecht. Man erkennt, wie sich das kleine D der *drehscheibe* vom zweiten Programm dreht. Hell, dunkel, hell, dunkel, schlecht, nicht schlecht, schlecht, nicht schlecht, schlecht.

12

Jörg, der Zwerg, hat mir aufgelauert. Ich habe ihn weder gesehen noch gehört. Ich hatte die Kapuze auf, der Regen hat drauf geprasselt, und außerdem war ich zu spät. Während ich das Rad am Fahrradständer angeschlossen habe, hat er an meinem Ranzen gezerrt und mich zu Boden gerissen. Jetzt klebt er auf meiner Brust wie ein Oktopus. Er packt meinen rechten Arm, biegt ihn mit seinem ganzen Gewicht auf den nassen Asphalt und drückt sein Knie hinein. Direkt in den Knochen. Dann bekommt er meinen linken Arm zu fassen und kniet sich mit dem anderen Bein darauf. Kaum sind seine Hände wieder frei, bohrt er sie in meinen Hals, und zwar dort, wo es lebensgefährlich ist.

»Wenn du mich noch mal schneidest, mach ich dich fertig.«

»Wenn ich was mache?«

»Mich schneidest.«

»Habe ich nicht. Ich hab gar kein Messer.«

»Mit dem Fahrrad, du Arsch. Du hast mich mit dem Fahrrad geschnitten.«

»Wann?«

»Gestern.«

Gestern war ich auch zu spät. Kurz vorm Fahrradständer habe ich Jörg überholt. Vielleicht bin ich ihm dabei ein bisschen zu nahe gekommen. Jörg ist klein. Sein Fahrrad ist auch klein. Kleine Fahrräder fallen leichter um als große. Das ist pure Physik. Und ich kann mir Ärger mit Herrn Stahnke nicht erlauben, also habe ich mich nicht weiter gekümmert. Ich bin in die Klasse gerannt und habe es gerade noch geschafft, bevor Herr Stahnke um Punkt acht die Tür zugeknallt hat. Natürlich ist mir aufgefallen, dass Jörg, als er sich fünf Minuten später ohne Entschuldigung auf seinen Platz gesetzt und einen Eintrag ins Klassenbuch bekommen hat, verdreckt war, aber ich hatte die Sache am Fahrradständer schon wieder vergessen und mich nur gefragt, was er wohl damit bezweckt, so abgeranzt in die Schule zu kommen. Immerhin sind wir ein musisches Gymnasium und nicht der Jugendknast.

»Wieso wehrst du dich nicht?«

»Wie? Ich kann mich nicht bewegen.«

Jörg denkt nach. Ziemlich lange. Mit besseren Ohren könnte man hören, wie sich seine Gehirnzellen knisternd miteinander verbinden. Er lässt meinen Hals los, rutscht mit den Knien von meinen Armen, hält sie aber weiterhin an den Handgelenken fest. Seine Oktopustentakel saugen an meiner Haut. Ich winde mich unter ihm, er schwankt auf mir auf und ab.

»Mach doch mal was.«

»Mehr geht nicht.«

»Wie, mehr geht nicht?«

»Du hältst meine Arme fest.«

Jörg denkt wieder nach. Dann lässt er meine Handgelenke los. Ich tue nichts. Ich erinnere mich an den gekreuzigten Jesus. Jörg ballt seine Faust vor meinem Gesicht. Sein

Atem riecht, als hätte er in eine Wiese gebissen. »Bist du schwul, oder was?«

Er ist es nicht wert, dass ich lüge. »Ja«, sage ich, »bin ich.« Dann schreie ich: »Ja! Ich bin schwul, du Zwerg! Wer hätte das gedacht! Und jetzt geh runter von mir, sonst wird mein Ding hart.«

Jörgs Gehirnzellen brauchen, bis sie ihm knisternd nahelegen, von mir runterzurutschen. Er hockt sich neben mich und starrt mich entgeistert an. Dann sieht er sich um, ob uns jemand gesehen hat.

Ich stehe auf und putze, ohne Jörg weiter zu beachten, meine Kleidung ab. Alles ist nass. Meine Knochen tun weh. Mein linker Schenkel pocht, mein rechter Handballen blutet. Am Ärmel meines Regenmantels entdecke ich einen Riss, zum Glück zu klein, um meiner Mutter aufzufallen. Meine Hose ist intakt, aber völlig verdreckt. Ich lecke das Blut vom Handballen, hinke zu meinem Rad, öffne das Schloss, steige auf und fahre davon, eiernd, quer über den Schulhof, an den Autos der Lehrerinnen und Lehrer vorbei, durchs Schultor, auf die Straße. Ich nehme den Weg hinterm Kiosk, um zum Park abzukürzen, dort muss ich über die Brücke und anschließend am Kanal entlang nach Hause, wo ich in meinem Zimmer ein paar Sachen für Australien einpacken werde, um niemals, niemals, niemals zurückzukommen.

Im Park wird mir bewusst, was ich getan habe. Ich habe mich verraten, bald weiß es die ganze Welt. Jörg wird es weitererzählen. In der Klasse werden es jetzt alle wissen, dann in der Parallelklasse, dann alle in der Schule. Meine Eltern werden es erfahren, der Hockeyclub meines Vaters, meine Oma Koblenz. In den abwaschbaren Fluren der Hochhausgebirge wird man es sich zurufen. Es wird in meinen Akten stehen, Jörgs Vater ist Polizist. Dem dürren

Bademeister wird es vielleicht egal sein, aber der Regierung nicht. Sie wird von nun an ein Auge auf mich haben. Axel wird es wissen.

Ich fange an zu heulen und muss absteigen, weil ich nichts mehr sehen kann. Mein schönes Leben ist vorbei. Ich werde ein Quastenmann sein, so einer wie der neulich in der U-Bahn. Ich werde keinen Schlips tragen, sondern ein Seidentuch um den Hals. An meinen Fingern werden goldene Ringe funkeln, in meiner Jacketttasche wird ein Taschentuch stecken, dreieckig, aber nur zur Zierde. Und ich werde Schuhe mit Lederquasten tragen. Ich werde auf die Jungs starren, die sich mit beiden Händen an die Halteschlaufen hängen, so dass man ihre Bauchnabel sieht. Und dabei lächeln. Ich hing neulich nicht an den Halteschlaufen, sondern saß auf der Bank gegenüber, den Geigenkasten zwischen den Knien. Der Quastenmann hat mir ein Sahnekaramell angeboten, das ich abgelehnt habe, und mich gefragt, wo es denn hingehen solle, ach, wie schön, klassische Musik, wie alt ich denn sei, vierzehn, welch herrliches Alter, man stehe an der Schwelle zum Erwachsensein, und alles sei noch möglich, und überhaupt sei es ihm eine wahre Freude, sich mit mir zu unterhalten. Zum Glück musste ich raus, weil die nächste Station die von Herrn Böhler war. So einer werde ich sein, ein Quastenmann, ein Mitschnacker, vor dem man die Kinder warnt, ein Sabberbaron, und am Ende werde ich alt sein und arm und allein und Schnaps aus einem leeren Senfglas trinken. Oder ich komme vorher ins Gefängnis.

Mein Vater ist bei der Arbeit, meine Mutter beim Friseur, meine Schwester in der Schule. Ich spritze den Regenmantel mit dem Gartenschlauch ab. Dann gehe ich in den

Keller, ziehe mich aus und stopfe meine Kleidung in die Waschmaschine. Ich schütte Waschpulver in sämtliche Fächer, kippe Weichspüler hinterher, wähle 90° mit Vorwäsche und starte das Gerät. Es soll alles rausgewaschen werden. Der Oktopusschleim, den Jörg auf mir hinterlassen hat, der Dreck vom nassen Schulhof, das Blut, das von meinem Handballen getropft ist, die Tränen und die Rotze und die Erinnerung an ein Sahnekaramell. Ich gehe hoch ins Bad und lasse Wasser in die Wanne laufen. Während ich warte, dass sie voll wird, gehe ich ins Wohnzimmer und den Flur und drehe mich dort jeweils einmal um mich selbst. Nackt geht das nur, wenn ich allein bin. Oben im Schlafzimmer meiner Eltern schließe ich die Augen, um mich nicht in der zimmerbreiten Spiegelschrankwand sehen zu müssen. Zurück im Bad, drehe ich das Wasser ab, prüfe die Temperatur, es ist heiß, extrem heiß, aber nur so werde ich wirklich sauber. Ich kippe eine Flasche Badezusatz aus, der Schaum soll mich verschlucken. Dann steige ich in die Wanne. Meine Füße brennen, mein Arsch brennt, mein Rücken, mein Bauch, meine Brust. Ich gleite tiefer ins Wasser, bis zum Hals. Ich bekomme kaum noch Luft. Nachdem ich mich etwas an die Hitze gewöhnt habe, atme ich tief ein und tauche unter. Jetzt brennt auch mein Gesicht. Ich wünschte, ich wäre ein Fisch. Auf meiner Haut würden Schuppen wachsen und Schwimmhäute zwischen meinen Fingern. Meine Atmung würde sich umstellen, ein Kiemenpaar würde rot aufklaffen, dort, wo es lebensgefährlich ist. Als ich aus der Wanne steige, ist mir schwindelig. An Land komme ich nicht mehr klar. Ich kauere mich auf den Badezimmerteppich, sehe ein paar Blitze über meine Netzhaut zucken, falle auf die Seite und werde blind wie ein Fisch, der gerade stirbt, mit starren Augen.

Zum Glück stehe ich auf, bevor meine Mutter vom Friseur wieder da ist. Ich ziehe frische Kleidung und den Regenmantel an und mache mich auf den Weg zurück Richtung Schule. Weil es immer noch regnet, nehme ich die U-Bahn. Kurz vor Ende der letzten Stunde komme ich an und verstecke mich hinterm Kiosk im Gebüsch. Ich muss Axel erwischen. Vielleicht glaubt er mir mehr als einem Zwerg auf einem Zwergenfahrrad.

Die meisten sind schon raus, als er mit Dorothea und Rüdiger über den Vorplatz zum U-Bahnhof läuft. Dorothea hinkt, sie trägt immer noch einen Verband. Am Automaten sucht Axel in seinen Taschen nach Geld, Rüdiger und Dorothea haben wahrscheinlich Monatskarten, sie gehen vor. Ich rufe mit dünner Stimme: »Hallo.« Axel sieht sich um. »Hier vorne. Hinterm Kiosk. Im Gebüsch.« Meine Stimme ist so dünn, dass sie sich überschlägt. »Guck nicht her.«

Axel stellt sich wie zufällig neben den Kiosk und sieht halb in die Landschaft. »Was machst du da?«

»Mich verstecken.«

»Und warum?«

»Weil ich geschwänzt habe.«

»Jetzt ist aber sowieso aus.«

»Ich weiß.« Axel pflückt sich eine Beere vom Busch. »Pass auf, die sind vielleicht giftig.«

»Ich esse zur Tarnung«, sagt Axel.

»Ach so«, sage ich.

»Man sieht dich übrigens. Dein Regenmantel ist gelb.«

»Wirklich?«, frage ich.

»Auf jeden Fall«, sagt Axel.

Ich komme hinter dem Kiosk hervor.

»Die sind nicht giftig. Das sind Johannisbeeren.«

»Johannisbeeren sind aber rot.«

»Das sind Schwarze Johannisbeeren. Manchmal sind die auch im Joghurt.«

Ich glaube, dass sich Axel irrt. Aber die Lebensmittelindustrie lügt ja am laufenden Band.

»Warum hast du denn geschwänzt?«

»Ich hatte was zu erledigen.«

»Und fährst du jetzt nach Hause?«

»Wieso?«, frage ich.

»Wir könnten rumfahren.«

»Und wohin?«

»Einfach so.«

Die anderen sind schon weg, als die nächste U-Bahn einfährt. Im Waggon sitzen Zeitungsleser, eine Dame blättert in einem Buch, dessen Umschlag sich mit einem Reißverschluss verschließen lässt. Wir setzen uns ans andere Ende.

»Wir hatten in Musik Vertretung, Herrn Rademann.«

»Wer ist das?«

»Der Referendar. Der Student. Der mit dem Bart.«

»Den die Mädchen heimlich Martin nennen?«

»Ja. Die sind in den verliebt. Er sieht aber auch ziemlich gut aus.«

»Na ja«, sage ich und denke, unter dem Bart vielleicht und dass ich bisher noch nie darüber nachgedacht habe, ob erwachsene Männer gut aussehen.

»Es ging um Flöten. Wo die herkommen und wie die gebaut sind. Wusstest du, dass es Querflöten aus Holz gibt?«

»Ja«, sage ich. Das Blut auf meinem Handballen ist geronnen. Es sieht wie Rost aus, der sich durch die Haut frisst.

»Aus Ebenholz. Du hast was verpasst. Herr Rademann hat uns auf Platte ein paar Flötenstellen von Supertramp vorgespielt. Danach waren die Mädchen wahrscheinlich noch verliebter in ihn.«

»Erwachsene Männer sehen einfach nur alt aus«, sage ich.

»Herr Rademann ist aber nicht alt. Er ist Student. Wusstest du, dass es in Holland besonders viele Panflötenspieler gibt? Die sind da aber aus Peru.«

Bei der nächsten Haltestelle steigen wir um. Wir beschließen, die U-Bahnen nach der Farbe ihrer Linie auszuwählen. Wir fangen bei der gelben am gegenüberliegenden Bahnsteig an. Ich frage, was sonst noch in der Schule passiert ist.

»Nichts. Andi hat schon wieder die Plätze getauscht. Diesmal mit Sven. Er sitzt jetzt hinten in der letzten Reihe.«

»Und Jörg?« Ich schiebe meine rostigen Hände unter die Schenkel.

»Wer?«

»Der Zwerg.«

»Was ist mit dem?«

»Hat er irgendwas gesagt?«

»Keine Ahnung. Ich kenn den nicht.«

»Wirklich nicht?«

»Ich bin ja noch nicht so lange in der Klasse.«

»Ich meine, hat der wirklich nichts gesagt?«

»Nein.«

»Hast du gewusst, dass sein Vater bei der Polizei ist?«

»Nein.«

»Verkehrspolizei.«

»Das sind keine richtigen Polizisten.«

»Er war aber mal im Fernsehen.«

»Warum?«

»Er arbeitet als Verkehrskasper.«

»Und damit kommt man ins Fernsehen?«

»Ins dritte Programm.«

Wir steigen um. Die U-Bahn der roten Linie steht bereits am Gleis. Die Plätze im Waggon, in den wir einsteigen, sind mit Bauarbeitern belegt. Sie sind betrunken. »Guck nicht so eingebildet, du Sackpfeife. Keine Chance für Klassensprecher«, sagt einer zu mir. Axel und ich setzen uns zu zweit auf einen Platz.

»Was soll Jörg denn sagen?«

»Nichts«, sage ich und erzähle von einer Aufführung des Verkehrskaspers an unserer Schule. Die uniformierte Kasperlepuppe von Jörgs Vater ist mit einem Schlagstock durch die Gegend gelaufen, die dumme Seppelpuppe seines Kollegen kannte die Verkehrsregeln nicht und hat auf den Kopf gehauen bekommen. Es war extrem bescheuert. Nach dem Stück ist auf dem Schulhof eine Übungsstraße aufgebaut worden. Schüler auf Fahrrädern haben die Autofahrer darstellen müssen, Schüler zu Fuß die Fußgänger. Bei jedem Fehler hat Jörgs Vater »Regelverstoß« gerufen und zum Spaß gedroht, die Schüler zu verhaften.

Vielleicht weiß es die Welt doch noch nicht. Die Regierung, der Hockeyclub, meine Klasse. Vielleicht wissen es nur meine Schwester und meine Mutter, die es ahnt, Frau Walther und jetzt der Zwerg. Vielleicht weiß auch Axel nicht, dass ich schwul bin, und vielleicht ist das auch gut so. Aber ich hätte gerne gewusst, ob er mein Freund bleiben würde, wenn er es wüsste. Ich sehe auf den Plan des Liniennetzes, der an der Rückwand des Waggons hängt. »Wir können Grün nehmen, Braun oder ein dunkles Lila.«

»Kommst du mit zum Friedhof?«

Axels Mutter liegt auf Grabfeld 07 im Bereich 403 unter einem sehr hohen Baum. Am Rand der Anlage ist eine Übersicht angebracht. Ihr Grab ist das vorletzte in einer Reihe von acht Gräbern. Die Blumen, die sich darauf türmen, sind verwelkt. Eine Trauerkranzschleife wünscht für die letzte Reise eine Handbreit Wasser unterm Kiel. Zwischen den Blumen steht ein leerer Teller. Er hat den gleichen braunen Rand wie die Teller, von denen wir bei Axel Brot mit Zervelatwurst gegessen haben. Wir stehen vor dem Grab, und ich weiß nicht, was ich machen soll. Ich kenne keine Toten, die auf Friedhöfen liegen. Meine Oma Konstanz, die Mutter meiner Mutter, ist zwar seit einigen Jahren tot, ihre Asche wurde aber auf dem Bodensee verstreut. Wir können sie nicht besuchen. Wir können nur eine Kerze anzünden.

»Mein Vater möchte, dass ich hier aufräume. Die Beerdigung ist schon ein bisschen her.«

»Soll ich dir helfen?«, frage ich.

»Wenn du möchtest«, sagt Axel.

Zwischen den Grabfeldern befindet sich ein großer Gitterkorb für Pflanzenabfälle. Dort werfen wir die verblühten Blumen hinein. Wir müssen dreimal gehen. Zuletzt nimmt Axel den Trauerkranz vom Grab.

»Macht es dir wirklich nichts aus?«, fragt er.

»Nein«, sage ich. »Wirklich nicht.«

Axel wirft den Kranz in den Korb und lehnt sich aufs Gitter. »Der ist von meinem Onkel. Dem Bruder meiner Mutter. Der ist früher mal zur See gefahren, auf einem Passagierschiff, in der Wäscherei. Deswegen kann er auch Chinesisch. Aber dann hat er sich an der Heißmangel verletzt.«

»Verbrannt?«

»Nein. Mit der Hand ins Getriebe gekommen.«

Als wir mit dem Aufräumen fertig sind, ist das Grab nur noch ein Erdhaufen, auf dem ein leerer Teller steht.

»Wieso habt ihr keinen Grabstein?«

»Der kommt noch. Das muss erst vollständig absacken.«

Obwohl ich nicht danach frage, erklärt mir Axel, dass sich die Erde auf der Grabstelle durch Regen und Kälte so lange verdichtet, bis sie irgendwann einsinkt. Dabei könne sogar eine Mulde entstehen. Das dauere aber einige Zeit. Er nimmt den Teller vom Grab und flüstert etwas, was ich nicht verstehen kann. Schließlich setzen wir uns an einem der Hauptwege auf eine Bank und betrachten die Krone des sehr hohen Baumes.

»Als wir das letzte Mal hier waren, haben wir Kuchen gegessen. Mein Vater und ich. Den Lieblingskuchen meiner Mutter. Wir haben ein bisschen übriggelassen für die Eichhörnchen. Vielleicht hat das aber auch ein Marder gefressen.«

»Was war denn ihr Lieblingskuchen?«

»Biskuitrolle«, sagt Axel. Er lächelt. »Ich hasse Biskuitrolle.«

»Ich auch«, sage ich, obwohl ich nicht weiß, was das ist. Ich nehme an, das ist einer dieser Kuchen, die schon beim ersten Bissen den Mund verstopfen.

»Wir haben so getan, als wären wir zu Hause.«

»In eurer alten Wohnung?«

»Ja. Jetzt will er aber nicht mehr herkommen.« Axel entdeckt das geronnene Blut auf meinem Handballen. »Ist das von hier?«

»Nein«, sage ich. »Ich bin vom Rad gefallen. Nicht so schlimm.«

»Das sieht irgendwie verrostet aus«, sagt Axel und fährt mit dem Finger über die Verletzung.

Ein Eichhörnchen flitzt über den Weg. Als es uns bemerkt, erstarrt es für einen Moment, dann flitzt es weiter und klettert in rasender Geschwindigkeit den sehr hohen Baum hoch.

»Meine Mutter ist im Winter krank geworden. Im Winter hat sie meine Mütze immer an einen Extrahaken gehängt. Ein Haken nur für die Mütze. Nichts sonst durfte da hängen. Das ging dann in dem Winter aber nicht mehr.«

Ich sage nichts, weil ich weiß, dass ich nicht muss.

Axel holt aus. Er wirft den Teller wie einen Diskus, verfehlt den Gitterkorb aber um einige Meter. Der Teller zerspringt. »In der neuen Wohnung haben wir sowieso nicht genug Haken.«

13

Das Licht spiegelt sich in Flecken. Sie treiben auf dem Wasser, krümmen sich, strecken sich, reißen ab, finden sich wieder und fließen flimmernd ineinander. Es sieht aus, als hätte der Himmel Geister ausgeschüttet. Dann setzt der Regen ein und peitscht den Geistern die Gesichter weg.

Wir sind zu dritt. Die anderen sind nicht mitgekommen. Axel und Rüdiger hocken unter Axels Handtuch. Ich plätschere durchs Becken. Eine ältere Dame kämpft im Nichtschwimmerbereich gegen das Wetter an. Wahrscheinlich hat sie eine Dauerkarte, sonst wäre sie auch zu Hause geblieben. Sie kommt nicht vom Fleck, den Schwimmerbereich habe ich für mich allein. Ich hole tief Luft und tauche bis zum Grund. Das Wasser ist wie ein Gelee.

»Wir gehen duschen«, ruft Rüdiger, als ich in der Mitte des Beckens auftauche, lauernd wie ein Periskop. »Das Handtuch wird ganz nass, und uns ist kalt.«

Ich tauche wieder unter. Auf einer der schwarzen Kachellinien, die die Bahnen markieren, entdecke ich den Schrankschlüssel, der da neulich schon lag. Ich mache mich lang, greife nach ihm und stoße mich ab. Als ich wieder an die Oberfläche komme, bin ich extrem außer Atem. Der Regen trommelt mir ins Gesicht. Mir gefällt Wasser in Seen, im Meer, in der Wanne, Wasser, das meinen Körper wie Gelee umgibt. Der Regen ist jedoch Wasser, das wie geraspelt wirkt, wie Kokos im Bounty, und einfach nur bescheuert vom Himmel fällt. Die Dame im Nichtschwimmerbereich gibt auf. Ich schwimme noch eine Bahn Endspurt, schlage am Startblock an und stelle mir einen Weltrekordjubel vor. Dann gehe ich auch zu den Duschen.

Axel und Rüdiger kreischen. Es klingt, als würden die Himmelsgeister Musik machen. Sie benutzen Axels durchnässtes Handtuch als Peitsche. Rüdiger ist im Vorteil. Er ist der Größere und nutzt das aus. Axel springt hoch, dabei versucht er, sich auf Rüdigers Schultern abzustützen, doch Rüdigers Haut ist glitschig, und Axel rutscht ab. Rüdiger schreit triumphierend. Das Handtuch, das er dabei durch die Luft schleudert, bleibt am Duschkopf hängen. Axel bekommt es zu fassen und reißt es herunter. Mit einem Knall klatscht es gegen Rüdigers Beine. Er strauchelt, erwischt aber die Spitze des Handtuchs. Jetzt zerren sie beide daran, wie Raubtiere, die sich in ihrer Beute verbissen haben. Rüdiger gibt scheinbar nach. Axel lässt sich davon täuschen. Das Handtuch flutscht ihm aus den Fingern, als Rüdiger daran zieht. Rüdiger macht einen Knoten und holt aus. Der Knoten kracht auf Axels Kopf. Axel taumelt, dann rutscht er auf den nassen Kacheln aus und fällt gegen die Wand.

»Oh, oh, oh«, sagt Rüdiger. »Das wollte ich nicht.«

»Nichts passiert«, sagt Axel. Er blickt auf. Blut läuft aus seiner Nase und mischt sich mit dem Wasser auf seinem Gesicht. Es sieht aus wie ein Bach aus Johannisbeersaft, der langsam breiter wird.

»Du blutest aber«, sagt Rüdiger.

»Wirklich?«, fragt Axel.

»Ja.« Rüdiger und ich antworten gleichzeitig.

Rüdiger zieht sein Badetuch vom Haken. Es ist noch halbwegs trocken. Er rollt es zu einer Wulst und legt sie Axel unter die Nase.

»Das wird aber dreckig«, sagt Axel.

»Egal«, sagt Rüdiger und tupft vorsichtig das Blut von Axels Gesicht. »Es ist sowieso rot.«

Obwohl mir Axel leidtut und ich eigentlich etwas tun müsste – den dürren Bademeister rufen oder seinen Kollegen mit dem Pferdeschwanz, sie um ein Pflaster bitten oder einen Verband, vielleicht Axel überreden, ein Röntgenbild machen zu lassen, zur Sicherheit, ihm sagen, dass es wahrscheinlich nichts ist, nur ein bisschen Blut, dünn wie Johannisbeersaft –, werde ich eifersüchtig. Ich wäre gerne an Rüdigers Stelle und würde Axel das Gesicht abtupfen und mein Handtuch für ihn dreckig machen und mich schämen, weil ich Schuld an all dem Blut hätte.

»Ich kenne das«, sagt Axel. »Ich habe das manchmal. Ich muss nur den Kopf hochtun.«

Wir bringen ihn aus der Dusche. Unter dem Vordach lehnen wir ihn an den Waschbeton. Rüdiger hält seinen Kopf und ich Rüdigers Badetuch, das jetzt eingerollt in Axels Nacken liegt. Er schließt die Augen. Das Blut in seinen Nasenlöchern wirft Blasen.

»Du musst durch den Mund atmen«, sagt Rüdiger. »Sonst atmest du dein Blut ein.«

»Sollen wir vielleicht irgendwas machen?«, frage ich.

Axel schüttelt vorsichtig den Kopf.

»Wirklich nicht?«, fragt Rüdiger. »Vielleicht den Bademeister holen?«

Axel öffnet die Augen und lächelt uns an. In diesem Moment sieht er aus, als wisse er über alles Bescheid. Nicht nur übers Nasenbluten, sondern über alles andere auch, über die Welt, über Rüdiger, über mich, was wir mögen, wann wir lügen, wieso wir überhaupt existieren, alles über unsere Klasse, über die Schule, die Regierung, über Australien und warum ich dorthin auswandern möchte und alles über die Zeit, zum Beispiel weshalb sie bei Regen langsamer verläuft als bei Sonnenschein. »Was ist das für einer?«, fragt Axel und zeigt auf den Schlüssel, den ich noch immer in der Hand halte.

»Den habe ich gefunden.«

»Und wem gehört der?«

»Den habe ich beim Tauchen gefunden.«

Der Bademeister mit dem Pferdeschwanz kommt mit einem eingerollten Wasserschlauch um die Ecke. »Na, ihr Jammerfratzen?«

»Er hat Nasenbluten«, sagt Rüdiger.

»Kommt vor«, sagt der Bademeister.

Ich sehe zu ihm auf. Er hat einen nikotingelben Schnurrbart. Vielleicht ist er schwul, aber dann auf fiese Weise. Als er hinter der nächsten Ecke verschwindet, sagt Axel, dass es eigentlich ziemlich bescheuert sei, bei Regen ins Freibad zu gehen. Rüdiger findet das auch. Axel lässt vorsichtig den Kopf sinken und schnaubt ein bisschen, offenbar hat das Nasenbluten aufgehört. Er fasst hinter sich, zieht Rüdigers Badetuch aus seinem Nacken und faltet es sorgfältig zusammen. »Soll ich das waschen?«

»Nein«, sagt Rüdiger, das würde seine Mutter sowieso in die Reinigung bringen.

Nach einer Weile fragt mich Axel, ob ich ihm den Schlüssel schenken würde.

»Klar«, sage ich. »Ich weiß aber nicht, wo er reinpasst.«

»Schlüssel passen meistens in mehrere Schlösser. So viele Schlüssel kann es gar nicht geben, wie es unterschiedliche Schlösser gibt. Die vertrauen einfach darauf, dass man es nicht ausprobiert.«

Plötzlich fängt Rüdiger an, ziemlich laut von Jesus zu reden und davon, dass der tatsächlich Jude gewesen sei, er habe sich extra noch mal bei Frau Rieder erkundigt, und als Jude sei Jesus beschnitten gewesen, das habe er zu Hause nachgeschlagen, und dass die Vorhaut in Olivenöl aufbewahrt worden sei und man sie auf Latein Sanctum Praeputium nennen würde und es sogar einen Feiertag für sie gebe und dass die Katholiken, auf jeden Fall die, die alles glauben würden, annähmen, dass Jesus die Vorhaut bei seiner Auferstehung in den Himmel mitgenommen und dort aus ihr einen der Ringe des Saturn gemacht habe. Der Regen fällt bescheuert aufs Vordach, und ich wundere mich, warum Rüdiger so viel redet und sich dabei in die Oberschenkel kneift. Vielleicht ist er eifersüchtig. Ich weiß aber nicht, auf wen.

»Dafür wurde sie aber extrem langgezogen«, sage ich und merke, dass ich rot werde.

»Ja, extrem«, sagt Axel. Er grinst und hält sich die Nasenlöcher zu.

»Dass die nicht gerissen ist«, sagt Rüdiger und sieht uns an.

»Vielleicht war sie schon vorher ausgeleiert«, sage ich. Wie auf einen geheimen Befehl prusten wir los. Wir wiederholen das Wort »ausgeleiert« und lachen uns schlapp, bis Axels Nase wieder zu bluten beginnt. Johannisbeersaft tropft auf den Waschbeton. Ich bin gerne bei Regen im Freibad.

14

Wie gesagt, Frau Walther kommt, weil sie gehbehindert ist, mit ihren Vorhängen nicht klar. Sie hat sie, nachdem sie sie, längst trocken, noch tagelang hat hängen lassen, endlich von der Wäscheleine nehmen wollen, hat dafür ihren Tritt benutzt, ist gestürzt, und zwar so blöd, dass sie sich ihr rechtes Bein gebrochen hat, das gesunde, unterhalb des Knies und »Du willst dir gar nicht vorstellen, wie das ausgesehen hat, Jung.« Es habe den halben Vormittag gedauert, bis es ihr gelungen sei, vom Bad in den Flur zu kriechen, die Schwelle der Badezimmertür sei zu einem unüberwindbaren Hindernis geworden. Gegen Mittag habe sie es dann aber doch geschafft. Sie habe, auf dem Läufer im Flur liegend, mit ihrem Stock das Telefon von der Kommode gestoßen – glücklicherweise ging es noch, obwohl ein großes Stück aus dem Gehäuse herausgebrochen war – und mit letzter Kraft, aber ungetrübtem Ärger, »mein Bein, das Alter, die viel zu hoch angebrachte Wäscheleine«, die Feuerwehr alarmiert. Sie sei dann mit Blaulicht und Sirene ins Krankenhaus gefahren worden. Weil ich es genau wissen will, erzählt mir Frau Walther, dass die Sirene im Inneren des Wagens leiser ist als draußen und dass es blau durch die Milchglasscheiben blinkt, wenn der Wagen durch einen Tunnel fährt. Im Krankenhaus habe sie dann einen Gips bekommen, über die gesamte Länge ihres Beines. Der Arzt habe sie stationär aufnehmen wollen, doch sie habe sich geweigert, sie könne Krankenhäuser nicht ausstehen, das habe Gründe, gute Gründe, sagt Frau Walther, und es geschehe nicht noch einmal, dass man sie gegen ihren Willen in einem Krankenhaus festhalte. Halb liegend sei sie in einem gewöhnlichen Krankenwagen und ohne Blaulicht und Sirene zurückgebracht worden, und da ist sie nun, im Haus am Hang, auf dem Sofa, gestützt von mehreren Kissen mit aufgedruckten Städteansichten, den Gips auf einem Stoß Zeitungen und ein Kofferradio am Ohr. Die Batterien dafür habe ich bei Radio König besorgt, weil Frau Walther meint, dass Batterien aus dem Fachhandel länger halten würden. Ich habe auch die Kissen zusammengesucht und die Zeitungen übereinandergestapelt. »Ach, Jung«, hat Frau Walther gesagt, »das kann doch die Caritas machen.« Ich glaube aber nicht, dass die Caritas für Frau Walther bei Radio König Batterien besorgt.

Wir hören das Nachmittagskonzert vom Deutschlandfunk. Die Klarinetten klingen wie schnatternde Enten. Ein Paukenschlag lässt sie verstummen. Fagotte setzen ein und Hörner, und das Stück wird zum Wald am Abend, wenn die Jäger ihre Gewehre einpacken, weil sie mal wieder nichts geschossen haben. Ich halte Frau Walthers Röntgenbild gegen das Licht.

»Vollständig durch. Beide Knochen.«

»Ja«, sagt Frau Walther. »Stell dir vor. So viel Pech muss man erst mal haben.«

»Glatt durch. Da ist nichts gesplittert.«

»Das wäre ja noch schöner«, sagt Frau Walther. Sie fragt, ob ich Arzt werden möchte, und scheint besorgt zu sein.

»Röntgenarzt vielleicht«, sage ich und muss mich zwingen, Frau Walther nichts von unserem Fund hinter Karl Sieberts ausgebrannter Hütte zu erzählen. Ich habe mit Axel einen Vertrag per Handschlag geschlossen und frage deshalb nur, was das für seltsame Leute seien, die, statt in einer Kirche mit Altar und Orgel, in einem Zelt auf dem Parkplatz eines Kohlenhandels beteten. Frau Walther lacht, so laut, dass ich fürchte, ihr Gips könnte Risse bekommen.

»Freikirchler. Furchtbare Leute. Fanatiker, die auf völlig groteske Weise an Gott glauben.«

»Warum?«, frage ich.

»Sie denken von morgens bis abends darüber nach, wen Gott alles nicht liebt.«

»Glauben Sie an Gott, Frau Walther?«

»Ich werde von der Caritas betreut. Was bleibt mir anderes übrig?«

»Na, lügen«, sage ich.

Frau Walther lacht schon wieder und klopft mit ihrem Stock im Takt des Nachmittagskonzerts auf den Zeitungsstapel. Ich starre auf ihren Gips. Sie sagt, sie habe früher einmal an Gott geglaubt und seine bedingungslose Liebe. Als sie aber begriffen habe, dass die Verhältnisse im Himmel eher beengt seien und deshalb nur ein paar Langweiler dort Zutritt hätten, die interessanten Leute jedoch draußen bleiben müssten, die Huren zum Beispiel, die Zauberer und sämtliche Hunde, habe sie sich für den Unglauben entschieden.

»Wie groß ist der Himmel denn?«

»Er geht ungefähr von hier bis zum Nordkap«, sagt Frau Walther. »12 000 mal 12 000 mal 12 000 Stadien. Das ist ein antikes Längenmaß. Das neue Jerusalem, so nennt man den Himmel am Ende der Zeit, ist nichts weiter als ein mittelmäßig großer Würfel.«

»Und was passiert mit denen, die draußen bleiben?«

»Die werden in einen Pfuhl geworfen, in dem Feuer und Schwefel brennen, von Ewigkeit zu Ewigkeit.«

»Und wo ist der?«, frage ich, obwohl ich nicht genau weiß, was ein Pfuhl ist.

»Das weiß niemand«, sagt Frau Walther. »Die Bibel verschweigt es. Sie will uns das Fürchten lehren. Wir sollen glauben, dass jedes unbedeutende Loch im Boden der Eingang zur Hölle sein könnte. So ein Blödsinn, Jung.«

Ich frage, ob Rita auch von der Freikirche ist. Rita ist Frau Walthers Krankenschwester.

»Nein«, sagt Frau Walther. »Rita ist von der Caritas. Und sie ist phänomenal vernünftig. Deshalb habe ich sie ja so gern.«

Vielleicht hat Rüdiger recht, und ich bin seltsam. Das ist für meinen Vater aber noch lange kein Grund, sich dauernd über mich zu beschweren. Er schimpft, ich solle nicht schon wieder Unsinn reden, sondern ausnahmsweise mal zuhören, was die anderen zu sagen hätten, ihnen womöglich sogar den einen oder anderen Entschluss überlassen, zum Beispiel, weil sie Erwachsene seien und einige der unvermeidlichen Fehler bereits hinter sich hätten, etwas, was man Lebenserfahrung nenne, unter Entbehrungen gewonnen, von denen sich meine Generation keine Vorstellung mache, es sei ihr gegönnt, aber hin und wieder dürfe sie, meine Generation, auch gerne mal die Klappe halten und die wesentlichen Entscheidungen denjenigen überlassen, die im Übrigen auch für sie zahlen würden. Ich weiß wirklich nicht, was das soll. Vielleicht liegt es an meinem Nicki.

Die aufgestickten Pferde scheinen ihn zu provozieren. Sie reiten in sechs Reihen, entweder nach links oder nach rechts. Meine Schwester findet den Nicki zwar schwul, aber trotzdem unmöglich. Ich finde, dass er zu mir passt, man muss schließlich kein Mädchen sein, um Pferde gut zu finden. Wenn sich mein Vater über mich ärgert, nennt er mich den »Herrn Sohn«. Warum siezt er mich dann nicht, wenn er auf mich wütend ist? Am Anfang der Sommerferien in zwei Wochen sollen wir zu meiner Großmutter nach Koblenz und am nächsten Tag mit dem Dampfer die Mosel hoch, Weinprobe auf einer Burg, die Flasche für 75 Mark, dazu Spießbraten, ein Gruß aus der Küche, Zinnen vor den Fenstern und ein Gespenst, das man Kastellan nennen muss, das ist Urlaub, wie ihn sich mein Vater vorstellt, und dann ab in die Pyrenäen, purste Langeweile, aber ich bekomme Ärger, wenn ich leise darauf hinweise, dass der Gips von Frau Walther in zwei Wochen noch längst nicht ab ist und sich irgendjemand um sie kümmern muss.

»Ihr sagt doch immer, dass sie eine Hexe ist.«

»Edith ist Feministin«, sagt meine Schwester.

»Kein Wunder bei dem Friesentenor«, sagt mein Vater.

»Was hat denn ihre Stimme damit zu tun?«, fragt meine Mutter.

»Niemand hat gesagt, dass sie eine Hexe ist«, sagt meine Schwester.

»Auf die Caritas ist jedenfalls kein Verlass«, sage ich.

»Auf uns auch nicht. Dafür sind wir nicht zuständig«, sagt mein Vater.

»Ach so?«, sagt meine Mutter. »Wer ist denn deiner Meinung nach zuständig?«

»Die Caritas natürlich«, sagt mein Vater.

»Die Caritas ist ein einziger Pfuhl«, sage ich und bin froh, dass mir das Wort einfällt.

»Die Caritas gehört zur Kirche«, sagt mein Vater.

»Dann frag die mal nach dem Himmelswürfel«, sage ich.

»Zur katholischen«, sagt mein Vater, etwas verunsichert.

»Und Jesus ist schwul«, sage ich und haue mir vor Schreck auf den Mund.

»Wie bitte?«, fragt mein Vater.

»Was hast du denn gedacht? Der hängt doch nur mit Jungs rum«, sagt meine Schwester.

»Auf jeden Fall sollte sich jemand um die arme Frau kümmern«, sagt meine Mutter.

»Aber nicht wir. Wir fahren an die Mosel«, sagt mein Vater.

»Also ich brauche die Mosel nicht«, sagt meine Mutter.

»Ute«, sagt mein Vater.

»Ich auch nicht«, sage ich.

»Aber wir sind zur Verkostung der Trockenbeerenauslese angemeldet«, sagt mein Vater.

»Ich bräuchte allerdings auch mal Urlaub«, sagt meine Schwester.

»Dann kocht halt was vor und friert es ein. Der Herr Sohn kann es der Hexe dann ja im Henkelmann vorbeibringen. Und wenn wir weg sind, kann Günther nach ihr sehen.«

Günther ist mein Onkel. Nicht der, der Poolbillard kann, der andere, der Bruder meines Vaters, der bei uns in den Ferien die Blumen gießen muss. Er war Hochgebirgswanderer, bis ihm vor ein paar Jahren ein Verkehrsunfall das Bein zertrümmert hat. »Der hat doch selbst eine Gehbehinderung«, sage ich, bereits ohne Hoffnung, meinen Vater von seinem Entschluss noch abbringen zu können.

»Aber einen Führerschein«, brüllt mein Vater. Eine Weile redet er noch von der Mosel als Lebensquelle, an der einem die Wahrheit wie reiner Wein eingeschenkt werde, dann ist die Diskussion beendet. Mit einer knappen Bewegung schickt er mich in den Garten. Ich muss den Rasen mähen. Mit dem Spindelmäher. Einen benzinbetriebenen Rasenmäher haben meine Eltern absichtlich nicht angeschafft, weil sie keine Gelegenheit auslassen wollen, ihre Kinder zu foltern. Ich ziehe mein Hemd aus, damit man den Schweiß auf meiner Haut sieht, während ich für meine Peiniger Sklavenarbeit verrichte. Der Schweiß juckt auf meinen Brustwarzen. Brustwarzen sind für Männer völlig unnütz. Man bezeichnet sie als Rudiment. Je kleiner das Rudiment, desto entwickelter der Mann. Für Frauen gilt das Gegenteil. Ihre Brustwarzen können nicht groß genug sein, und was sich bei Natalja im Stoff ihres Bikinis abzeichnet, hat bereits die Breite einer Füllerkappe. Und das ist nur der Teil, der bei Matthias aus der Parallelklasse gewölbt ist.

15

Andi hat an mehreren Autos die Antennen abgeknickt. Er ist dabei gesehen worden. Dr. Lachmann reißt die Tür zum Klassenzimmer auf und unterbricht Frau Wenzels monotone Aufzählung von Beispielwörtern: »Garçon, aperçu, niçoise …«

»Ich glaube, du bist nicht mehr ganz bei Trost. Das ist kein jugendlicher Vandalismus, Andreas, das ist mutwillige Sachbeschädigung, die ernsthafte Konsequenzen haben wird. Pack deine Sachen. Auf der Stelle.« Dr. Lachmann hat rote Flecken im Gesicht. Er sieht aus, als sei er beim Faschingsschminken gestört worden. Doch für Fasching scheint er nicht in Stimmung zu sein. Ich habe Dr. Lachmann noch nie so wütend gesehen.

Nachdem er und Andi die Klasse verlassen haben, setzt Frau Wenzel ihre Liste im selben Tonfall fort: »Façon, glaçure, ça va.« Dabei schreibt sie die Worte an die Tafel. Beim c von »ça va« bricht ihr die Kreide ab. Axel tippt Rüdiger von hinten auf die Schulter und fragt, ob Andi nun fliegen wird.

»Ich glaube nicht«, sagt Rüdiger. »Die brauchen ihn ja.«

Andi ist das einzige Fagott in der Schule. Er stellt eine eigene Instrumentengruppe dar und sitzt erhöht auf einem Podest, damit er Herrn Scharnhorst, unseren Dirigenten, gut erkennen kann. »Herrschaften«, sagt der immer, »hört auf den Rogalski, der bläst wie ein Metronom.« Die meisten von uns kennen Andis Geheimnis. Seine Mutter ist mit ihrem Friseur durchgebrannt, einem Mann, der eine schwere Kette ums Handgelenk trägt, in deren starrem Mittelstück ein Vorname eingraviert ist, der auf Y endet.

Während ich Axel frage, was eigentlich aus seinem Kaninchen geworden ist, sagt Rüdiger, dass wir in letzter Zeit zu Andi ziemlich bescheuert gewesen seien.

»Wieso?«, fragt Axel, und ich frage, ob das Kaninchen fort sei.

»Wer?«, fragt Rüdiger.

»Axels Kaninchen«, sage ich.

Axel schüttelt den Kopf.

Ich sage, dass ich immerhin mit Andi befreundet sei.

»Bist du?«

»Ja«, sage ich und frage Axel, wo das Kaninchen dann neulich gewesen sei.

»Weiß Andi das?«, fragt Rüdiger.

Bei gutem Wetter wäre es auf dem Balkon, sagt Axel, sie hätten da ein Netz.

»Wozu braucht ihr ein Netz?«, fragt Rüdiger.

»Für das Kaninchen«, sage ich, und Axel sagt: »Für Babette.«

»Silence«, ruft Frau Wenzel und übersetzt, obwohl wir das Wort schon hatten: »Ruhe.«

Ich sage noch, dass ich mir das Kaninchen gerne einmal ansehen würde, und Axel schlägt heute Nachmittag um fünf vor. Das Kaninchen heißt Babette. La Babette ou le Babette? Ich schlage Kaninchen im Wörterbuch nach.

Le lapin. Der Kaninchen. Le lièvre. Der Hase. Le rongeur. Der Nagetier. La joie. Die Freude.

Ich bin eine Viertelstunde zu früh am Haus an der Straße, die auf »Ring« endet. Oder die Uhr im Armaturenbrett des Kadett, durch dessen verdrecktes Seitenfenster ich etwas zu erkennen versuche, geht falsch. La voiture. Die Auto. Es gibt keine Schaukel, keine Tischtennisplatte, keine Mülltonnen, nicht einmal eine Bank, auf die man sich setzen könnte. Nur eine niedrige Begrenzung um ein Beet mit Bodendeckern. Ein Junge sitzt darauf und zeichnet mit einem Kugelschreiber etwas in das Weiche eines Kronkorkens.

»Was guckst du so?«, sagt er, ohne hochzusehen. Ich erschrecke. Der Junge ist nicht viel älter als ich, hat aber eine tiefe Stimme.

»Ich gucke nicht«, piepse ich.

»Klar guckst du. Du hast ja die Augen auf.«

»Aber nicht in deine Richtung.«

»In welche dann?«

»In die«, sage ich und zeige versehentlich auf die Bodendecker hinter ihm, also idiotischerweise exakt in seine Richtung.

»Bist du dumm?«, fragt er.

Mir scheint es keine gute Idee zu sein, noch einmal zu widersprechen. »Kann sein«, sage ich.

Der Junge starrt mich an. Dass er mit seiner Vermutung recht haben könnte, scheint er nicht erwartet zu haben.

»Man weiß doch nicht selber, ob man klug ist«, sage ich.

»Hältst du mich etwa für dumm?«

»Nein. Aber ich bin ja auch nicht du.«

Der Junge starrt mich noch immer an. Dann zeichnet er weiter in den Kronkorken. Ich setze mich auf die Begrenzung. Nach einer Weile frage ich ihn, was er da in den Deckel male.

»Ein Pentagramm.«

»Was ist das?«

»Ein Fluch.«

Mich mit dem Jungen über Flüche zu unterhalten scheint mir ebenfalls keine gute Idee zu sein. Ich überlege, ob ich ihm sagen soll, dass Schwarze Johannisbeeren nicht giftig sind, doch er interessiert sich nicht mehr für mich. Als ich annehme, dass es fünf Uhr ist, die Zeit, die ausgemacht war, stehe ich auf, sage, dass es hier auch nicht mehr Hundekacke gebe als anderswo, gehe zur Tür und klingle bei Peschke. Im Augenwinkel sehe ich, dass mir der Junge nachsieht.

Babette ist riesig. Sie döst auf einem Stück grüner Auslegeware in einer sonnigen Ecke des Balkons und schnüffelt im Traum. Axel hebt sie hoch. Sie öffnet die Augen und schließt sie wieder. Auch dabei schnüffelt sie. Ihre Ohren machen nichts.

»Süß«, sage ich und: »Ganz schön groß«, und: »Das ist ja extrem dicht, das Fell.«

»Willst du sie mal halten?« Ohne meine Antwort abzuwarten, legt Axel mir Babette auf den Arm. Sie wiegt so viel wie mein Ranzen, wenn wir Erdkunde haben und ich den Atlas mitnehmen muss.

»Süß«, sage ich noch einmal.

»Warte. Ich hole ihr Salat.«

Ich traue mich nicht, mich zu bewegen. Unter ihrem Fell, das tatsächlich sehr dicht ist, spüre ich Babettes Herz schlagen. Obwohl sie nichts weiter macht, rast es. Ein kleiner Beutel zwischen zwei Lungenflügeln, der klopft und klopft und diesen riesigen Fellkörper in Gang hält. Zwischen den Ohren ein Gehirn, das wahrscheinlich dumm ist, und vier Beine zum Hoppeln, die gerade in die Luft treten.

»Futter«, sagt Axel und hält Babette ein Salatblatt vor die Nase. Sie beißt hinein und mümmelt drauflos. Es sieht aus, als sauge sie das Blatt ein.

»Ganz schön hungrig«, sage ich.

»Ja«, sagt Axel und gibt ihr ein zweites Blatt. »Du kannst sie jetzt eigentlich wieder runterlassen.«

Während ich Babette auf ihr Stück Auslegeware setze, hört sie auf zu mümmeln. Der Rest des Salatblatts hängt ihr aus der Schnauze wie eine grüne Zunge. Axel streicht ihr kurz über die Nase. Babette blinzelt, dann mümmelt sie weiter.

»Ich dachte, Kaninchen wären kleiner als Hasen.«

»Sind sie auch. Babette hat Übergewicht.«

Babette hoppelt quer über den Balkon. An der Brüstung sind einige mechanische Rechenmaschinen übereinandergestapelt. Babette richtet sich auf, stemmt ihre Vorderpfoten gegen eine der Maschinen und versucht, ins Metall zu beißen. Dabei stellt sie ihre Ohren auf. Dann hoppelt sie zur offenen Balkontür, starrt ins Zimmer, hoppelt zu ihrem Stück Auslegeware zurück, legt die Ohren wieder an und schließt die Augen.

»Süß«, sage ich.

»Hast du Hunger?«, fragt Axel.

Ich nicke.

Wir verabschieden uns von Babette, und Axel flüstert ihr etwas ins Ohr. Dann zeigt er auf den Stapel Rechenmaschinen. »Die sind von meinem Vater.«

»Und warum sind die auf dem Balkon?«

»Die kann man nicht mehr verkaufen.«

»Warum nicht?«

»Die Leute wollen keine mechanischen Rechenmaschinen mehr.«

»Und was wollen die Leute?«

»Elektronische Tischrechner.« Axel hebt ein Gerät vom Stapel und legt es mir auf den Arm wie zuvor das Kaninchen.

»Das ist ja noch schwerer als Babette.«

»Das ist eine Brunsviga, Modell 13 RM. Ein Gehirn aus Stahl. Vierspezies-Sprossenrad-Maschine, 985 Teile, davon 456 verschiedene. Zehn Stellen im Einstellwerk, dreizehn Stellen im Resultatwerk. Einhandschlittenbedienung, Rückübertragung und Kombinationslöschung.«

»Woher weißt du das alles?«

»Das hat mir mein Vater beigebracht. Er ist Vertreter. Er klappert regelmäßig Kunden ab und schult sie an den Geräten. Immer wenn eine neue Maschine auf den Markt gekommen ist, musste er zum Lehrgang nach Braunschweig.«

»Das kannst du dir alles merken?«

Axel nickt. »Schon.«

Ich kann mir noch nicht mal das Wort »Rückstellungen« zuverlässig merken. Vielleicht bekommt man ein gutes Gedächtnis, wenn einem die Mutter gestorben ist. Damit man sie nicht vergisst. Damit man noch Jahre später weiß, dass es sie gegeben hat.

»Jetzt ist das aber alles nur noch Schrott«, sagt Axel. »Es gibt jetzt japanische Tischrechner mit integrierten Schaltkreisen. Die machen das Gleiche, aber leise und wiegen fast nichts.«

»Und warum habt ihr die dann noch?«, frage ich und stelle die Maschine auf den Stapel zurück, weil meine Arme zu brennen anfangen. Axel zuckt mit den Schultern.

In der Küche schmieren wir uns Doppeldeckerbrote mit Zervelatwurst, und ich gebe Axel den Tipp mit dem Senf. Bevor wir die Brote zusammenklappen, legen wir Salatblätter zwischen sie. Auf dem Tisch liegen, ungeordnet, die Röntgenbilder von Karl Siebert. Axel hat den rechten Daumen mit einem Klebestreifen am Küchenfenster befestigt.

»Guck mal«, sagt er und stellt sich vors Fenster. »Fällt dir was auf?«

»Nein. Nichts. Nur, dass das Bild unscharf ist.«

»Eben. Hast du mal überlegt, dass das vielleicht Absicht sein könnte?«

»Warum das denn? Wieso sollten die ein unscharfes Bild machen?«

»Alle anderen Bilder sind scharf. Das hier aber nicht.«

»Vielleicht war das ein Versehen.«

»Und warum hat Karl es dann aufgehoben?«

»Weil es sonst kein Bild von seinem Daumen gibt.«

Axel kaut eine Weile auf seinem Zervelatwurstbrot herum. »Oder die scharfen Bilder sollen von was ablenken.«

»Und wovon?«

»Guck mal genau.« Axel zeigt auf einen grauen, merkwürdig geformten Fleck ungefähr in der Mitte des unscharfen Daumens. »Ich glaube, das ist ein Fremdkörper.«

»Oder es ist die Krankheit, wegen der er überhaupt geröntgt wurde.«

»Oder es ist ein Artefakt.«

»Ein was?«

»Ein Artefakt.«

Wieder so ein Lexikon-Wort, das ich nicht kenne. L'artefact.

»Etwas, was jemand eingesetzt hat. Was Künstliches.«

»Und warum sollte das jemand machen?«

»Das ist eben die Frage.« Axel streicht über das Bild. »Wenn es aus Metall ist, ist es beim Feuer vielleicht heil geblieben.«

Das Artefakt ist ein grauer, leicht nach links gekippter trapezförmiger Schimmer, eher eine zufällige Anhäufung von Körnern auf dem Röntgenfilm als etwas, was einen Hüttenbrand überstehen könnte. Mir fällt das Wort »suspekt« ein. Auch so ein Lexikon-Wort. »Das Grau ist eher dunkel. Dunkel ist doch gut.«

»Darüber habe ich auch nachgedacht«, sagt Axel. »Vielleicht kann das Artefakt die Röntgenstrahlen neutralisieren. Aber eben nicht genug. Und deshalb kann man noch was erkennen. Das ist das eigentliche Versehen. Das Artefakt ist die Wahrheit.«

Ich trete ans Fenster, um mir das Innere von Karl Sieberts Daumen genauer anzusehen. Möglicherweise hat Axel recht. Möglicherweise ist die Wahrheit ein Fremdkörper. Ein merkwürdig geformter, grau schimmernder Fleck, der sich unter der Haut befindet, ein suspekter Schatten, für jeden unsichtbar, der kein Röntgengerät besitzt.

Axel saugt das Salatblatt vom Rest des Zervelatwurstbrots. Der Senf hinterlässt einen gelben Rand auf seinen Lippen. »Wenn wir das Artefakt finden, wissen wir, was mit Karl Siebert passiert ist.«

16

Ich soll kommen. Am besten gleich. Er müsse mir was zeigen. Es wäre aber besser, niemandem was zu sagen. Ich könne ja behaupten, dass ich wegen der Schule wegmüsse. Zu Rüdiger zum Beispiel. Oder Guido. Um ein Referat vorzubereiten. Über Zellteilung zum Beispiel. Ich solle mich auf jeden Fall mit jemandem verabreden, der nicht, wie er, in der Siedlung wohnt, sondern eher Richtung Hang. Um nicht die Aufmerksamkeit auf den Stadtrand zu lenken. Er habe bei der Hütte eine Entdeckung gemacht. Solange er aber nicht wisse, was genau er entdeckt habe, müssten wir vorsichtig sein. Er würde auf dem Parkplatz vorm Kohlenhandel auf mich warten. Da sei er gerade. Gegenüber vom Zelt der Freikirchler. Da sei eine Telefonzelle, aus der er in diesem Moment anrufen würde. Wenn ich käme, könnten wir die Räder bei den Rädern von denen abstellen, da würden sie nicht auffallen. Den Rest würden wir dann zu Fuß gehen. Das sei nicht so weit. Er habe das in den letzten Tagen schon ein paarmal gemacht. Er müsse jetzt noch einmal nach Hause, was holen, wäre aber in zwanzig Minuten zurück.

Ich muss nicht lügen, zu Hause fragt mich sowieso keiner was. Zwanzig Minuten später stehe ich am Zelt der Freikirchler und warte auf Axel. Aus dem Inneren hört man eine Männerstimme über Dämonen predigen, die an den Rändern der Welt in brennenden Nestern hausen. Gegen diese Schreckensgestalten helfe nur Gehorsam. Daher solle jeder der Obrigkeit untertan sein, die Gewalt über ihn habe, weil sie von Gott gesandt sei. »Furcht, dem die Furcht gebührt, Ehre, dem die Ehre gebührt.«

Wenn Axel mich anruft und will, dass ich komme, bin ich nach zwanzig Minuten da und warte auf ihn. Ich gehorche, egal, was er sagt. Mir gefällt das. Ich würde ihm auch den Ranzen tragen, seine Hausaufgaben machen oder sein Fahrrad putzen. Ich würde ihm im Freibad das Tauchen beibringen und ihm ein Nogger kaufen, oder fünfzig, oder hundert. Wahrscheinlich würde ich sogar eine Zeit lang den Kopf in den Schacht vom Schlucki im Hochhaus stecken, wenn er das möchte. Ich will ihm untertan sein.

Axel kommt die Allee entlanggerast, er biegt auf den Parkplatz ein, bremst scharf und hinterlässt eine mehrere Meter lange Spur auf dem Schotter.

»Tut mir leid«, sagt er außer Atem. »Ich habe mich bei der Zeit verschätzt.«

»Ich bin noch nicht lange da. Ich habe dem da im Zelt zugehört.«

»Die singen Lieder von den Beatles gegen ihre Dämonen. Aber mit eigenem Text.«

»Woher weißt du das?«

»Ich habe gelauscht. Schon ein paarmal.«

Wir stellen unsere Räder zwischen die Räder der Freikirchler, unabgeschlossen, weil es die Freikirchler so machen und sie ihre Räder lieber dem wachsamen Auge ihres

Plakatjesus überlassen und dem Licht seiner leuchtenden Hand. Dann laufen wir die Allee runter zur Bahntrasse. An Axels Schulter baumelt ein Fotoapparat in einem Lederfutteral und schlägt gegen seine Hüfte. Hinter der Unterführung werden wir langsamer.

»Ist das deiner?«, frage ich.

»Nein. Das ist die Yashica von meinem Vater. Die habe ich gerade geholt.«

»Und was willst du mit der?«

»Beweisfotos machen«, sagt Axel, und es klingt, als müsste ich wissen, was mit den Fotos bewiesen werden soll.

Wir überqueren die Weide, ohne groß auf die Kuhfladen zu achten. Sie sind ausgetrocknet und inzwischen mehr Weide als Kuh. Der Pfad zur Senke endet noch immer an einer scharfen Abbruchkante. Wurzeln stehen hervor und greifen wie tote Finger ins Leere. Axel zeigt mir den Weg durchs Unterholz. »Pass auf, das ist hier alles irgendwie locker.«

Karl Sieberts Hütte sieht aus wie beim letzten Mal. Das Loch im Dach ist noch immer das gleiche, die Tür hängt noch immer schief in den Angeln, und das Fenster ist noch immer kaputt. Das Kunstledersofa scheint etwas von der Hütte fortgerückt worden zu sein, das ist aber auch schon alles. Die Bäume stehen Stamm an Stamm an Stamm an Stamm wie eine undurchdringliche Palisade.

»Merkst du was?«, fragt Axel.

»Nein«, sage ich.

»Guck dir mal den Wald an.«

»Der sieht wie Wald aus.«

»Findest du?«

»Wald sieht immer wie Wald aus.«

»Dieser nicht. Guck dir mal die Bäume an. Die vorne.«

Wenn man mit Axel befreundet ist und deshalb sehr genau hinsehen will, kann man finden, dass die vorderen Bäume etwas geneigt sind. Dann sieht es so aus, als versuchten sie, ihre Kronen zusammenzustecken, um im Blattwerk wispernd über das Schicksal der verbrannten Hütte zu beraten. »Irgendwie sind die schief«, sage ich.

Axel nickt. Er stellt sich ans linke Ende des Kunstledersofas, zeichnet mit dem Fuß ein Kreuz auf den Boden, öffnet das Futteral der Yashica und spannt den Film. »Den Platz müssen wir uns merken. Von hier aus machen wir die Fotos.«

»Wie viele willst du denn machen?«

»Ab heute jeden Tag eins. Wenn es geht, immer zur gleichen Zeit.« Er stellt die Ringe am Objektiv ein, sucht breitbeinig sicheren Stand, wartet ein paar Sekunden, die er stumm abzählt, und macht schließlich ein einzelnes Foto von der Hütte. Dann klappt er das Futteral der Kamera zu. »So, das war's«, sagt er.

Ich würde gerne wissen, warum Axel nur die Hütte und nicht die schiefen Bäume fotografiert hat, aber er scheint von dem, was er tut, so überzeugt zu sein, dass ich mich nicht traue, zu fragen. Ich bleibe lieber sein Untertan.

»Jetzt müssen wir nur noch gucken, ob sich was verändert.«

»Was denn?«

Axel ignoriert meine Frage, und ich tue so, als sei das normal. »Wir müssen uns unbedingt überlegen, wen wir einweihen. Irgendwann, wenn wir mehr wissen, müssen wir irgendjemanden einweihen. Jemanden, der Ahnung hat. Der muss aber vertrauenswürdig sein.«

»Frau Walther«, sage ich, ohne nachzudenken. »Sie ist gehbehindert.«

»Wer ist das?«, fragt Axel.

»Eine Lesbe. Sie wohnt bei uns am Hang.«

»Eine was?«

»Eine gleichgeschlechtliche Frau.«

»Was ist das?«

»Eine Frau, die Frauen liebt. Eine, die lesbisch ist.«

»Abgefahren«, sagt Axel.

»Ja«, sage ich. Während ich darüber nachdenke, ob »abgefahren« gut oder schlecht bedeutet, erzähle ich, dass Frau Walther vor ein paar Tagen in ihrem Badezimmer hingefallen ist und jetzt zusätzlich zu ihrer Behinderung auch noch einen Gips an ihrem gesunden Bein hat. »Sie hat diese Krankheit, von der ich neulich meinte, dass Karl Siebert deshalb so oft geröntgt wurde, östliche Pose oder so ähnlich, bei der man sich leicht die Knochen bricht. Meine Mutter kocht für sie vor, und ich bringe ihr das Essen im Henkelmann. Sie hat mir eine Postkarte von der Basilius-Kathedrale in Moskau geschenkt. Sie ist ziemlich klug.«

»Und ist sie verschwiegen?«

»Ja«, sage ich.

»Und du vertraust ihr?«

»Ja«, sage ich.

»Und sie wohnt am Hang?«

»Da, wo der Hang schon fast Wald ist.«

»Dann ist sie eindeutig die erste Wahl.«

»Obwohl sie lesbisch ist?«

»Wieso?«, fragt Axel. Er ist der beste Freund, den ich jemals hatte. Das wäre er auch, wenn ich nicht in ihn verliebt wäre.

Als wir unsere Räder aus der Reihe der Freikirchlerräder ziehen, singt die Gemeinde »Lass mich ein« auf die Melodie von *Let it be*. Es klingt, als sei sie zuversichtlich, dass das klappen könnte. Wir schieben die Räder entlang der Bremsspur über den Parkplatz des Kohlenhandels.

17

Da ist ein Körper. Der heizt sich auf, summt unter der Haut, wird schneller und schneller, bis Teile von ihm wegfliegen, die Stäbe auseinandergehakt und weg, der Körper, der wie verrückt geworden ist, weil er eine Entscheidung getroffen hat: Milliarden von Menschen stehen zur Auswahl, doch der Körper entscheidet sich für den, dem er zufällig in der Schule begegnet, als gäbe es auf der Welt keinen anderen, und zwar, weil Sommer ist und das Haar wie Stroh und die Stimme ein Versprechen und das Ding in der Badehose rechts. Weil der Körper verrückt geworden ist. Weil er mehr ist als nur eine Puppe aus Stäben, die Geige spielt, an guten Tagen mehr als fünfundzwanzig Meter taucht und neuerdings weiß, dass Schwarze Johannisbeeren nicht giftig sind, die ein Hotel in der Hosentasche mit sich herumträgt und irgendwann gerne in einem U-Boot arbeiten würde. Da ist ein Körper, spiddelig, mit mittelgroßen Brustwarzen und einer manchmal zu jungen Stimme, der tut, was er will, kein bescheuertes Artefakt unter der Haut, und der deshalb eine Entscheidung trifft. Und sich verliebt.

18

Ich klingle bei Peschke. Wir wollen Queen-Platten hören. Axel öffnet die Tür und zeigt stumm ins Wohnzimmer. Unter einem dünnen Laken liegt ein Mann auf dem Sofa und starrt an die Decke. Als er uns bemerkt, schiebt er das Laken zur Seite und richtet sich auf.

»Ich muss kurz eingenickt sein.« Er grüßt, ich grüße zurück. Dann schweigen wir. Schließlich sagt er, dass er Axels Vater sei und ich ihn gerne Gerhard nennen könne. Ich stelle mich ebenfalls vor und sage, dass ich Axel aus der Schule kennen würde.

»Ich weiß, wer du bist, Julle. Wie sollte ich nicht?«

Auf dem Couchtisch steht der kleine Fernsehapparat aus der Küche. Es läuft die *drehscheibe* ohne Ton. Hell, dunkel, hell, dunkel.

»Ich warte auf die Nachrichten.« Axels Vater steckt sich an einem Tischfeuerzeug eine Zigarette an. »Es ist ja einiges los. Quantenmechanik. Baader-Meinhof-Bande.« Er nimmt eine gepunktete Bluse vom Sofa, riecht an ihr und wirft sie auf einen Kleiderstapel auf dem Teppich. Dann streicht er über den Bezug und bittet mich, mich neben ihn zu setzen. Axel bleibt in der Tür stehen. Er drückt ein Stück Tapete an die Wand, das sich abgelöst hat.

»Wusstest du, dass der Bundeskanzler und seine Frau Mentholzigaretten rauchen?«

»Nein«, sage ich.

Axels Vater nickt. »Dieselbe Marke wie ich.« Die Sonne zeichnet strahlende Rechtecke auf den Teppich.

»Mein Vater raucht Pall Mall.«

»Das ist auch eine gute Marke«, sagt Gerhard. Seitdem ich neben Axels Vater auf dem Sofa sitze, nenne ich ihn im Stillen Gerhard.

»Und meine Mutter raucht Eve.«

Gerhard schweigt. Dann zieht er an der Zigarette und sagt, dass der Bundeskanzler und seine Frau auch passable Schachspieler seien. »Spielst du Schach, Julle?«

»Nein«, sage ich.

»Und was spielst du?«

»Mensch ärgere Dich nicht, Malefiz, Mau-Mau und Monopoly.«

Eine Weile betrachten wir die strahlenden Flecke, die über den Teppich ziehen.

»Ist dir nicht kalt?«, fragt Gerhard.

»Nein«, sage ich. »Eigentlich nicht.«

»Ach«, sagt Gerhard und nach einer Weile: »Also ist es eher warm?«

»Ja«, sage ich. »Eher warm.«

»Mein Körper scheint das nicht korrekt wahrzunehmen. Das ist sonderbar, oder?«

»Ja«, sage ich, weil ich nicht weiß, was ich sonst sagen soll.

Gerhard wendet sich an Axel: »Könntest du vielleicht kurz nachsehen?«

Axel durchquert das Zimmer und öffnet die Balkontür. Babette hoppelt ihm entgegen. Als sie Gerhard und mich auf dem Sofa sitzen sieht, stellt sie ihr rechtes Ohr auf. Axel liest die Temperatur von einem Thermometer am Fenster ab und sagt: »Dreiundzwanzig Grad.« Gerhard schüttelt den Kopf, schließlich nickt er. Axel setzt Babette auf ihr Stück Auslegeware. »Julle und ich müssen noch was machen.«

»Natürlich«, sagt Gerhard. »Macht. Macht. Ich bleibe hier.«

»Tschüss, Herr Peschke«, sage ich.

»Ja, Julle«, sagt Gerhard. Er breitet das Laken aus, rückt ein Kissen zurecht und legt sich wieder hin. Nah an die Kante.

Auf der Plattenhülle von *A Night At The Opera* hält ein weißer Kranich seinen Schnabel in ein Feuer, das von zwei gekrönten Löwen bewacht wird. Es scheint ihm nichts auszumachen. Vielleicht ist sein Schnabel aus Metall. Wir sitzen auf dem Spannteppich, und Axel zieht die Platte aus der Hülle. »Wegen mir erinnert er sich an sie.« Die Stille in der Wohnung wird wieder zu schwarzem Dunst, in dem wir hocken und auf etwas warten. »Ich bin die Summe. Also erinnere ich ihn zur Hälfte an sie. Dagegen kann ich nichts machen.« Mir wird kalt. Ich schwitze Eistropfen, die auf meinem Rücken brennen. »Sie hatte Leukämie. Blutkrebs. Das kann man nicht röntgen. In der alten Wohnung hat sie meistens auf dem Sofa gelegen, auf dem er jetzt liegt. Sie wollte nicht mehr im Schlafzimmer liegen, weil sie mich da nicht sehen konnte. Wir haben uns viel unterhalten. Ich habe im Wohnzimmer Mittag gegessen, Hausaufgaben gemacht, Babette gestreichelt, obwohl man das bei Leukämie nicht soll, Haustiere streicheln, habe mit ihr ferngesehen oder was gelesen und ihr den Becher gehalten, weil sie selbst nicht mehr so gut trinken konnte. Oder wir haben einfach nur gewartet und nichts gemacht. Als sie ins Krankenhaus gebracht wurde, haben die Nachbarn unten gestanden und zugesehen, wie sie in den Krankenwagen geschoben wurde. Wegen denen wollte mein Vater dann da auch nicht mehr wohnen. Ich kapiere nicht, warum er das Bett mitgenommen hat. Das ist ja ein Doppelbett.«

»Schläft er denn auf ihrer Seite?«, frage ich.

»Nein. Nie. Ihre Seite ist immer gemacht. Da liegen nur Papiere auf der Decke, der Wecker und sein Rasierapparat.«

»Vielleicht möchte er es so.«

Axel legt die Platte auf den Plattenspieler und pustet. »Auf jeden Fall weiß er seit einiger Zeit nicht mehr, ob ihm warm oder kalt ist. Das hat irgendwie auch mit ihr zu tun. Wenn es besonders schlimm ist, legt er sich in die Badewanne. Er findet, dass man unter Wasser so ziemlich alles aushalten kann.«

»Das finde ich auch«, sage ich.

»Hast du Hunger?«, fragt Axel.

Ich nicke. Bisher hat Axel mich bei jedem Besuch gefragt, ob ich Hunger habe. In der Küche schmiert er uns Doppeldeckerbrote mit Zervelatwurst, Senf und Salatblättern und schneidet die Kruste von den Scheiben. Zwei der Brote bringt er ins Wohnzimmer. Nach einer Weile höre ich seine Zukunftsstimme. Ich halte die Luft an, um zu verstehen, was Axel sagt. »Elf, dreizehn, siebzehn, neunzehn, dreiundzwanzig.« Er macht eine Pause, dann wiederholt er die Zahlen. Und wieder. Und wieder. Irgendwann sagt Gerhard: »Jetzt mal ab einunddreißig.« »Einunddreißig, siebenunddreißig, einundvierzig, dreiundvierzig.« Und wieder. Dann: »Neunundfünfzig, einundsechzig, siebenundsechzig, einundsiebzig.« Kurze Zeit später kommt Axel mit dem leeren Teller in die Küche zurück und zeigt auf das Röntgenbild des geheimnisvollen Daumens, das noch immer am Küchenfenster hängt. »Wollen wir noch mal gucken?«

Wir stellen uns vor das Bild, obwohl ich eigentlich lieber auf dem Spannteppich sitzen und die Queen-Platten hören würde. »Was hast du eben gemacht?«, frage ich.

»Ich habe Primzahlen aufgesagt. Seit sie tot ist, beruhigt ihn das.«

»Und woher kannst du die?«

»Die habe ich bis hundert auswendig gelernt.«

»Alle?«

»Das sind nicht so viele. Nur fünfundzwanzig.«

Ich betrachte Karl Sieberts unscharfen Daumen. Im trapezförmigen Artefakt erkenne ich das Kaninchen Babette, Sansibar, einen Kuhfladen, einen Kranich, Autoluftpumpen, die Straße, die auf »Ring« endet, eine Brunsviga 13 RM, Jesus' leuchtende Hand und Haare auf der Haut so schön wie Stroh im Sand und verliebe mich noch einmal. Ich bin mir nicht sicher, ob ich mich zusätzlich zu dem, was schon vorhanden ist, verliebe oder ob ich noch einmal von vorn anfange. Es geht von den Kniekehlen aus, steigt über die Beine summend im Körper hoch, breitet sich dort aus und endet unterhalb der Brust. Die Brustwarzen erreicht es nicht.

»Ist was?«, fragt Axel.

»Wieso?«, frage ich. Mein Herz schlägt mir bis zum Hals. Ich weiß nicht, ob man in jemanden verliebt sein darf, dessen Mutter gestorben ist. Wir halten die Luft an und sehen durch das Röntgenbild. Die Körner im Film fangen an zu tanzen. Das Artefakt holt uns. Wir sind jetzt in Karl Sieberts Daumen. Und fliegen. Es gibt nur noch uns.

Auf dem Weg zu Frau Walther begegne ich Felix, dem besten nicht festen Freund meiner Schwester, und seinem

Hund. Der Hund rennt auf mich zu, bellt und schnüffelt mir peinlich zwischen den Beinen. Wahrscheinlich wittert er, dass ich schwul bin. Für den Henkelmann interessiert er sich kein bisschen.

»Lipót«, schreit Felix, dann: »Bei Fuß«, und als er uns erreicht und den Hund am Halsband fortzerrt, sagt er: »Pfui«, und: »Entschuldigung.«

Lipót dreht sich mehrmals um sich selbst, setzt sich und starrt uns an. Felix drückt auf sein Hinterteil und wartet, bis der Hund gehorcht. Ich prüfe, ob der Deckel vom Henkelmann noch anständig sitzt.

»Was machst du damit?«

»Kennst du Frau Walther?«

»Klar.«

»Sie ist hingefallen.«

»Oh.«

»Ich bringe ihr was zu essen.«

»Oh. Gut. Ich komme mit. Lipót und ich kommen mit. Sehen, wie es ihr geht.«

Während wir über eine der Hangwiesen gehen, erzählt mir Felix von einem Vorspiel fürs Bundesjugendorchester und dass sie ihn wahrscheinlich nehmen werden. Ich beglückwünsche ihn, doch er winkt ab, er habe sich nur durchgesetzt, weil ein Mädchen aus Süddeutschland sich in Theorie bei der Tonart von Webers Klarinettenkonzert geirrt habe. Sie habe C-Moll geglaubt, doch das sei falsch gewesen. »Es ist F-Moll. Ziemlich düster«, sagt er, und ich nicke in stillem Einverständnis. Dann erkundige ich mich, ob Lipóts Name zufällig auch italienisch sei.

»Nein. Das ist Leopold auf Ungarisch. Mein Großonkel hieß so.« Lipót jagt über die Wiese. Mein Geruch scheint ihm jetzt egal zu sein. Vielleicht hat er auch gewittert, dass ich keine Angst mehr habe.

Kurze Zeit später klingeln wir am Haus am Wald am Hang und warten am Rhododendron. Eine Frau, jünger als Frau Walther, öffnet die Tür. Lipót jault, wirft seinen Kopf durch die Luft, springt auf den Treppenabsatz, schmeißt sich auf den Rücken und wälzt sich auf der Fußmatte. Die Frau kniet sich hin und klopft auf seinen Bauch. Felix und mich begrüßt sie nur beiläufig. »Kommt rein.«

Frau Walther sitzt auf dem Sofa, gestützt von mehreren Kissen, das Gipsbein nach wie vor auf einem Stapel Zeitungen. »Was haben wir denn hier?«, sagt sie, nachdem Lipót sie abgeleckt hat. »Soll ich euch vorstellen? Also. Das ist Julle. Er bringt mir Essen, das seine Mutter für mich vorkocht. Es ist sehr lecker. Und hier haben wir Felix, der mich schon ein paarmal mit Julles Schwester besucht hat. Dass er auch mit Julle befreundet ist, habe ich gar nicht gewusst. Diese junge Frau ist Rita. Sie pflegt mich. Sie tut das ganz hervorragend und macht dabei schrecklich viele Überstunden. Und Lipót ist ein stolzer Ungar.« Nach dieser Begrüßung entsteht eine eigenartige Stille. Selbst der Hund gibt Ruhe. Er springt aufs Sofa und rollt sich ein.

»Na? Was ist los, Jung?«, fragt Frau Walther.

»Nichts«, sage ich. »Nichts ist los.«

»Wirklich nicht?« Frau Walther schüttelt den Kopf. »Ich dachte schon.«

»Ja«, sagt Felix. »Jetzt, wo Sie es sagen. Irgendwas ist doch los.«

»Nein«, sage ich. »Was soll denn los sein?«

Frau Walther und Felix lachen, als hätten sie sich vorher abgesprochen. Rita löst den Deckel vom Henkelmann. »Natürlich ist da was los. Und wie da was los ist.«

Lipót sieht mich an. Er schnaubt und steckt seine Schnauze zwischen die Beine.

19

Von Dorothea habe ich in einem winzigen Briefumschlag, verziert mit aufgemalten Hufeisen, eine Einladung zu ihrem Geburtstag bekommen. Deshalb war ich vorgestern bei Hillers in der Drogerie und habe ein Fotoalbum gekauft. Quadratisch, dunkelgrün, in Plastik und daher abwaschbar, der Karton unter einer Klebefolie, die die Fotos ohne Fotoecken fixiert. Zu Demonstrationszwecken habe ich ein Foto von mir hineingeklebt, schon etwas älter, mit Selbstauslöser aufgenommen, im Nicki und mit Cordhose, weil Dorothea bekanntlich Pferde mag und mich offenbar auch, sonst hätte sie mich ja nicht eingeladen. Ich bin auf Fotos meistens hässlich. Entweder reiße ich die Augen auf und blicke verwirrt, oder ich lache ausgerechnet dann, wenn mir ein Spuckefaden zwischen den Lippen hängt.

Für Dorotheas Geburtstag ziehe ich den Nicki und die Cordhose an, damit es so aussieht, als hätte ich das Foto extra für sie aufgenommen. Meine Schwester kämmt mir vorm Badezimmerspiegel die Haare. Sie hält den Kamm unter den tropfenden Hahn, bis sich der Raum zwischen den Zinken mit Wasser füllt, setzt ihn an, als wollte sie meinen Schädel aufsägen, zieht schmerzhaft einen Scheitel, macht einen Schlenker und frisiert mir eine Tolle. »Aua«, sage ich. Eine Zeit lang zupft sie an mir herum, dann drückt sie den Scheitel flach, leckt über ihren Daumen und befestigt eine Haarsträhne. »Klebst du meine Haare gerade mit Spucke fest?« Meine Schwester betrachtet mich im Spiegel. »Wehe, du ziehst nachher Sandalen an.«

Ich ziehe schwarze Halbschuhe an, die ich vorher gründlich geputzt habe. Ich putze Schuhe so gut, wie ich Chromteile putze. Ich bearbeite auch den Sohlenrand und schnüre die Senkel neu, damit die Enden gleich lang sind. Danach rieche ich ziemlich lange am Leder. Meine Schwester begutachtet mich im Flur. Sie bindet mir ein Halstuch um, mit dem Knoten auf der Seite, ich bin mir aber nicht sicher, ob sie mich damit in was reinreiten will, und knote es wieder ab. Zuletzt wasche ich mir die Hände und nehme mir vor, in der U-Bahn nichts anzufassen.

Dorothea wohnt in einem Reihenhaus, im Endstück, weshalb sie einen großen Garten und eine eigene Garage haben. Vorm Eingang, einem verglasten Vorbau, der den anderen Häusern fehlt, vielleicht weil Dorotheas Vater Bauingenieur ist und man das auch sehen soll, stehen zwei zu makellosen Globen getrimmte Buchsbaumsträucher, an dem linken lehnt ein Fahrrad und macht auf Höhe des Äquators eine Delle ins Laub. Neben den Sträuchern stapeln sich weitere Fahrräder. Ich klingle. Um nicht zu früh zu kommen, habe ich getrödelt und mir die Häuser in der Siedlung angesehen. Es gibt drei verschiedene Arten: Mehrfamilienhäuser mit flachen Dächern, Nurdachdoppelhäuser mit Eingängen an den Seiten und Reihenhäuser mit normalem Dach und Gaube. Mir gefallen die

Nurdachhäuser, aber wahrscheinlich muss man dafür einen besseren Beruf als Bauingenieur haben. Es klackert im Haus. Eine Dame öffnet die Tür. Sie trägt ein Halstuch. Hinter ihr hört man Stimmengewirr. »Guten Tag. Ich bin Frau Bruhn. Die Mutter von Dorothea.«

Irgendwas zwingt mich, einen Diener zu machen. Vielleicht das Halstuch, auf dem goldene Steigbügel abgebildet sind, vielleicht der karierte Rock, der mit einer riesigen Sicherheitsnadel zusammengehalten wird. Ich murmle meinen Namen und strecke Frau Bruhn Dorotheas Geschenk entgegen.

»Wir haben im Wohnzimmer einen Tisch aufgebaut. Da kannst du das hinlegen.«

»Es ist ein Fotoalbum.«

»Fein«, sagt Frau Bruhn, und es klingt wie: »Mach schnell, ich kann Kinder nicht ausstehen.«

Das Stimmengewirr kommt von der Terrasse. Die Mädchen tuscheln, die Jungs reden. Werden die Mädchen laut, klingen ihre Stimmen hell, werden die Jungs laut, klingen die Stimmen blechern. Matthias aus der Parallelklasse brummt. Es ist ein Chor, der, ohne geübt zu haben, ein Stück aufführt. Es heißt »Dorothea Bruhns fünfzehnter Geburtstag in ihrem Garten«. Jeder scheint seine Stimme zu kennen. Nur ich hätte gerne ein paar Noten. Während ich versuche, für das Fotoalbum, das ich gegen eine Vase lehnen möchte, den passenden Winkel zu finden, steht Frau Bruhn neben mir und zupft ungeduldig an den Steigbügeln. »Dann geh doch jetzt zu den anderen.«

Ohne jemanden wirklich zu erkennen, suche ich im Gewirr Dorothea, um ihr zu gratulieren und mich noch einmal für die Einladung zu bedanken. Ich entdecke sie neben Natalja und Bettina. Bettina hat ihre Bluse wie immer auf der Höhe ihres Bauchnabels verknotet, Natalja trägt einen edlen Haarreif. Ihr Vater arbeitet als Konsularbeamter, sie kommen aus dem Ostblock, Natalja ist aber trotzdem ziemlich reich.

»Herzlichen Glückwunsch zum Geburtstag und vielen Dank für die Einladung. Das wird heute bestimmt toll.« Bis hierhin habe ich geübt, jetzt muss ich improvisieren: »Ich habe mein Geschenk an die Vase auf dem Tisch gelehnt, also hochkant, weil, es ist, na ja, es muss ja keine Überraschung sein, ein Fotoalbum. Mit selbstklebenden Seiten.«

»Oh, toll«, sagt Dorothea und macht einen Hüpfer. Sie ist ihren Verband seit ein paar Tagen los. »Vielen Dank.«

»Sind da Fotos drin?«, fragt Bettina.

»Eins. Da ist ein Foto drin«, antworte ich, sehe aber nicht Bettina an, sondern Dorothea, und zwar so lange, bis ich im Stillen bis fünf gezählt habe.

»Na, da sind wir aber gespannt«, sagt Natalja. Es klingt nach Ironie, ich weiß aber nicht, ob sie so was im Ostblock haben. Irgendwas zwingt mich, schon wieder einen Diener zu machen. Zum Glück fällt er vor Dorothea kleiner aus als vor ihrer Mutter.

Ein Mann in Reiterstiefeln trägt einen Plattenspieler über den Rasen und stellt ihn auf einem Campingtisch ab, ein älterer Junge folgt ihm mit einem Lautsprecher. »Plus an Plus, Minus an Minus. Mach doch einmal etwas richtig.«

»Dein Vater?«, frage ich.

Dorothea nickt und verdreht die Augen. Natalja sagt: »Der Ältere der beiden.« Vielleicht hat sie das mit der Ironie auch aus dem Westen. Sie wohnt schon ziemlich lange hier.

Aus meiner Klasse scheinen alle da zu sein – nur Jörg und Andi fehlen –, dazu ein paar aus der Parallelklasse und ein paar, die ich nicht kenne. Sie sind wahrscheinlich die Cousins und Cousinen von Dorothea und streiten sich gerade, was besser ist: *Hörzu* oder *Funkuhr*, Geha oder Pelikan, Märklin oder Fleischmann, Puma oder Adidas. Bei SPD und CDU sind sie sich einig. Die Geburtstagsgäste stehen in kleinen Gruppen auf der Terrasse oder dem angrenzenden Rasen, trinken aus Pappbechern Limonade, unterhalten sich, sehen sich aber gleichzeitig um und passen auf, dass ihre gekämmten Haare nicht unnötig verwehen. Ich verabschiede mich von den Mädchen und stelle mich zu Rüdiger, Guido und ein paar anderen auf die Terrasse.

Rüdiger fragt gerade, ob uns eigentlich klar sei, dass, wenn wir »Hä?« sagten, Erwachsene »Nanu?« denken würden. Na klar ist uns das klar. Ich sehe mich nach Axel um.

Neben uns steht Sven mit einem Mädchen aus der Parallelklasse und erzählt ihr, dass seine Mutter mit Peter Ustinov zur Schule gegangen sei. Weil das Mädchen sich extrem langsam eine Haarsträhne hinters Ohr schiebt, kapiert er wohl, dass die Geschichte ziemlich unwahrscheinlich klingt, und sagt, dass er sich versprochen und Ivan Rebroff gemeint habe, seine Mutter sei mit Ivan Rebroff zur Schule gegangen, dem Scheinrussen aus der Hitparade, aber dann habe sie seinen Vater kennengelernt und sich entschieden, ihn zu heiraten, Dr. Picker. Sven macht eine Pause, als erwarte er von dem Mädchen Applaus. Guido sagt: »Du bist so ein Krustenkopf, Sven. Das ist wirklich schlimm.« Das Mädchen sieht Guido eine Weile an, dann lässt es Sven ohne ein weiteres Wort stehen. Auf dem Weg zu einem anderen Mädchen, das allein an einem Buchsbaum steht, schiebt sie sich noch eine Haarsträhne hinters Ohr, wieder extrem langsam.

»Sie heißt Monika«, sagt Rüdiger.

»Nein, Monique«, sagt Guido. »Das ist Monika auf Französisch.«

»Ist sie denn Französin?«, fragt Rüdiger.

»Keine Ahnung. Sie kann Deutsch.«

»Sie wäre Französin, wenn sie ihr Hörnchen zum Frühstück in den Kaffee tunkt«, sage ich.

»Ich weiß doch nicht, was Monique zum Frühstück in ihren Kaffee tunkt.«

»Findest du sie denn schick?«, fragt Rüdiger.

»Auf jeden Fall.«

»Dann ist sie Französin«, sage ich. Und damit ist das Thema vorläufig erledigt.

An der Terrassentür entdecke ich Axel und winke ihm zu. Er kommt und flüstert: »Hast du dein Geschenk auch auf den Tisch gelegt?«

»Ja«, sage ich. »Ich habe es gegen eine Vase gelehnt.«

»Und was ist es?«

»Ein Fotoalbum.«

»Abgefahren«, sagt Axel.

»Und du?«, frage ich.

»Ich habe ihr eine Platte von Queen auf Kassette überspielt.«

»Das ist ein extrem gutes Geschenk.«

»Findest du?«

»Klar. Auf jeden Fall.«

»Meinst du, sie hat einen Kassettenrekorder?«

»Ihr Bruder bestimmt«, sage ich und zeige auf den älteren Jungen, der inzwischen erschöpft an der Garage lehnt. Seine Mutter ruft ihn. Er nimmt ihr ein Tablett ab, trägt es durch die Gegend und hält es uns vors Gesicht. Zusätzlich zur Limonade gibt es nun auch noch Kuchen auf Papptellern. Die scheibenförmigen Stücke bestehen aus einer

Spirale, in der sich Teig und Zitronencreme abwechseln. Die Creme schmeckt ein bisschen nach Schaummaus.

»Isst du keinen?«, frage ich.

»Das ist Biskuitrolle«, sagt Axel.

Ich weiß nicht, wohin mit dem Bissen in meinem Mund. Wie vergiftet liegt er auf meiner Zunge. Ich warte einen Moment, dann schlucke ich ihn hinunter und versuche, so wenig wie möglich dabei zu schmecken. Den Teller mit der restlichen Biskuitrolle stelle ich auf einen Mauervorsprung. Axel ist zitronencremeblass.

Als Nächstes kommen die Geschenke. Dorotheas Vater und ihr Bruder tragen den Tisch auf die Terrasse, Dorothea packt aus. Sie freut sich über jedes Geschenk mit dem gleichen Eifer, selbst über den kleinen Spielzeugfernseher, den ihre Cousins in Weihnachtspapier eingepackt haben. Durch ein Guckloch an der Rückseite lassen sich historische Bauwerke betrachten. Natalja sieht als Erste hindurch. »Eiffelturm, Akropolis, Kolosseum. Paris, Athen, Rom.« Dann verstummt sie.

Rüdiger nimmt ihr das Gerät aus der Hand. »Das ist doch wohl klar. Die Kleine Meerjungfrau. Kopenhagen.« Natalja schmollt. Es sieht aus, als würde sie ihre Zunge an ihrer Zahnspange festhaken.

Als Nächstes ist Claudia dran. »Das sieht wie eine Spielzeugkirche aus.«

Ich übernehme das Gerät. »Das ist die Basilius-Kathedrale in Moskau.« Die anderen nicken anerkennend.

Dorothea nimmt mein Fotoalbum vom Tisch, als sei es eine zerbrechliche Kostbarkeit. Sie hält es sich ans Ohr und lauscht daran. Dabei lächelt sie mir zu. Mir wird heiß. Dorothea löst die Klebestreifen, ohne das Geschenkpapier einzureißen. Sie schafft es sogar, das Papier sauber zu falten, während sie das Album betrachtet. »Toll«, sagt sie.

Sie öffnet das Album und blättert darin. Der Schweiß unter meinem Nicki jagt über meinen Rücken. »Das ist von Julle!« Dorothea lächelt mir noch einmal zu, dann streckt sie das Album in die Höhe und zeigt den anderen das Foto von mir. Ich würde mich gerne kratzen.

Das Fotoalbum gehört zu den Spitzengeschenken. Dorothea freut sich zwar auch über die Haargummis von Bettina, Guido und einer anderen Bettina, sie findet den Gutschein von Matthias toll, in dem er zusagt, ihr bei der Montage des Dynamos an ihrem Rad zu helfen, sie freut sich über den Pferdemädchenroman, den sie von Claudia bekommt, und über Svens Autoquartett »Nutzfahrzeuge im Straßenbau«, auf jeden Fall tut sie so. Doch Rüdigers Geschenk ist der absolute Höhepunkt. Es ist eine Filzerzeichnung von Dorotheas Haus und einem Teil des Gartens. Die Perspektive ist perfekt. Die Farben sind naturgetreu, der gläserne Vorbau reflektiert das Licht, das Garagentor zeigt Spuren von Rost. Am Himmel bauscht der Wind die Wolken. Rüdiger hat eine Eins in Kunst, aber das hier hat trotzdem niemand erwartet.

»Wie hast du das bloß gemacht?«, fragt Dorothea.

»Ich habe mich vor eurem Haus im Gebüsch versteckt«, sagt Rüdiger. Er scheint genauso zu schwitzen wie ich.

»Toll«, sagt Dorothea und: »Vielen Dank«, und: »Guck mal, Papa, der Himmel, das ist einfach irre.«

»Das sind Kumuluswolken«, murmelt Rüdiger. Er sieht aus, als hätte er einen roten Filzer auf seinem Gesicht ausgeleert. »Die erkennt man daran, dass sie unten flach sind.« Ich gönne Rüdiger den Erfolg. Sein Bild ist tatsächlich irre. Ohne jede Diskussion irre.

Schließlich packt Dorothea Axels Geschenk aus. »Und was ist das?«, fragt sie.

»Das ist eine Platte von Queen, die ich überspielt habe.«

»Ah. Interessant. Welche?«

»*A Night At The Opera.*«

»Interessant«, sagt Dorothea und legt die Kassette auf den Tisch zurück. Nach Rüdigers Bild bemerkt niemand, dass Axel den Kranich und die beiden Löwen von der Plattenhülle abgemalt hat, und zwar ebenfalls mit Filzer.

Eine Zeit lang stehen wir noch in Gruppen herum, wobei die Haare der Mädchen, wenn sie tuscheln, zu einer einzigen Frisur werden, doch dann gibt es Bratwürste, und alle drängeln sich um den Grill. Guido klemmt sich zwischen mich und Monique, die zufällig neben mir steht.

»Wie findest du eigentlich die Pferde auf Julles Pulli?«, fragt er und grinst. Das würde ich auch gerne können, einfach grinsen, egal, wie blöd meine Fragen sind.

»Schick«, sagt Monique. »In den Sommerferien fahren wir zum Reiten in die Camargue. Da freue ich mich jetzt schon drauf.«

»Da würde ich mich aber auch drauf freuen«, sagt Guido und lässt seinen Pappteller durch die Luft segeln, um ihn geschickt wieder aufzufangen. Ich bin mir sicher, dass er die Camargue bis eben für eine Käsesorte gehalten hat, aber das ist egal, es läuft ja trotzdem ausgezeichnet.

Und dann ist Disko. Dorotheas Bruder ruft, streckt die Hände in die Höhe und duckt sich unter den Blicken seiner Eltern weg. Die Hände sind das Zeichen, dass die Party jetzt ihm gehört. Er befiehlt, wir folgen. Er fängt mit einem Lied an, für das ein Haufen elektrischer Strom verwendet wurde. Guido schreit Rüdiger ins Ohr: »C-Dur, G-Dur, F-Dur. Vierviertel. Betonung auf dem zweiten Schlag. Ziemlich simpel.« Rüdiger schreit zurück, dass Guido ausnahmsweise mal versuchen sollte, weniger rumzuspinnen. Ich stehe neben ihnen und zufällig, hoffentlich zufällig, neben Claudia. Ich frage sie, ob ihr das Lied gefalle. Sie starrt mich an. Ich wippe mit der Hüfte, um die Zeit bis zu ihrer Antwort zu überbrücken. Normalerweise habe ich Angst, zu tanzen. Mein Puppenstangen-Körper ist zu schwul, um dem Rhythmus ohne Stocken zu folgen. Aber Claudia braucht für alles eine Ewigkeit.

»Ist das hier wie in der Schule?«, fragt sie. »Muss man hier reden?«

Ich will gerade antworten, dass sie auch gerne die Klappe halten könne, da fängt sie an zu erzählen, dass sie bei sich zu Hause im Wohnzimmer oft tanze und ihr Vater, weil es ihm so gut gefalle, wie sie tanze, sie zu einem Tanzwettbewerb habe anmelden wollen. Ihr Tanz habe aber keinen Namen, man habe sie bei der Anmeldung keiner Gruppe zuordnen können, ohne Gruppe dürfe man jedoch nicht am Wettbewerb teilnehmen. »Ist das nicht traurig? Für Leute, die tanzen, was sie wollen, gibt es auf dem Formular keine Spalte.«

»Und willst du vielleicht jetzt tanzen?«, frage ich und habe das Gefühl, als würde ich hinter meinen Brustwarzen wachsen. Ich halte Claudia meine Hand hin wie ein leeres Tablett. Sie starrt mich an, ich wippe, sie starrt, ich wippe, dann legt sie zögernd ihre Hand in meine, Schweiß auf Schweiß. Ich führe sie auf den Teil des Rasens, der unsichtbar zur Tanzfläche geworden ist, und werde zu einem Riesen, der extrem schön ist und extrem gut und von allen extrem bewundert wird, von den Jungen und den Mädchen und den Tieren und den Bäumen und allen Artefakten dieser Welt. Ich schließe die Augen und überlasse mich meinem Wippen, das nun ein Tanz ist. Ich brauche zwei Lieder, um zu begreifen, dass Claudia die geschlossenen Augen falsch verstehen und meinen könnte, ich wollte nicht mitbekommen, dass ich mit ihr tanze und nicht mit Dorothea oder Bettina oder Monique. Ich öffne die Augen und sehe, dass Claudia lächelt und schön aussieht.

Dorotheas Bruder spielt ein langsames Lied. Rüdiger springt auf Zehenspitzen herum und lässt seine Arme über uns streichen. »You are so beautiful and nice and lovely. You are the answer of all my questions.« Sein Singsang klebt an uns wie warmer Honig. Claudia und ich zeigen uns fragend unsere Hände, dann fassen wir uns vorsichtig an die Hüften. Es fühlt sich an, als würde man einen Teewagen durch die Gegend schieben, mein Ding wird aber trotzdem hart.

Guido tanzt mit Monique. Er hat seine Arme auf ihre Schulter gelegt, seine Hände hängen wie tot in ihrem Nacken. Unten herum halten sie Abstand, und Guido grinst blöd. Wahrscheinlich ist sein Ding ebenfalls hart. Diesen Gedanken hätte ich nicht denken dürfen. Unter keinen Umständen. Jetzt kann ich nicht mehr aufhören. Von jedem Jungen, der vorübertanzt, stelle ich mir sein Ding vor, obwohl ich mir die, Punkt 10 auf meiner Liste, nicht mehr vorstellen wollte, aber jetzt leider doch, und zwar in allen Einzelheiten, das von Sven, das ein unbehaarter Knubbel ist, die Dinger der Cousins, die wahrscheinlich alle in die gleiche Richtung gebogen sind, das von Guido natürlich, das exakt so aussieht, wie so ein Ding aussehen sollte, und das von Rüdiger, das dem Ding von Jesus gleicht, wenn dem der Lendenschurz weggeweht wird. Ich glaube sogar, dass ich die Dinger riechen kann.

»Ist was?«, fragt Claudia.

»Nein«, sage ich. »Du tanzt toll.«

»Danke«, sagt sie. Sie will sich jetzt offenbar an mich schmiegen.

»Ich habe leider Hunger.« Was Besseres fällt mir nicht ein. Zum Glück endet gerade das Lied. Ich nicke Claudia zu, greife nach dem Bündchen an meinem Nicki, ziehe daran, als wollte ich mir die aufgestickten Pferde ansehen, glaube, so die Beule zu verdecken, die mein Ding in die Cordhose macht, und suche Zuflucht hinter dem Buchsbaum, der plötzlich wie eine belaubte Version aller Dinger der Jungs aus meiner Klasse aussieht.

Dorotheas Bruder spielt nun wieder schnelle Lieder. Ihre Cousins schütteln ihre Köpfe. Die Haare, feuchte Strähnen, fliegen durcheinander. Natalja tanzt wie ein Kurzschluss. Bei der Fahrübung war sie von Jörgs Vater, dem Verkehrskasper, noch zur Regelfee erklärt worden, aber jetzt zuckt sie, als würde sie an einen Weidezaun fassen. Mitten im Haargewimmel wiegen sich Bettina und Matthias zu einem Takt, den wahrscheinlich nur sie hören können. Sie küssen sich. Plötzlich stößt Bettina Matthias von sich. Sie sieht ihn giftig an, dann zischt sie etwas, zieht den Knoten an ihrer Bluse fest und stampft von der Tanzfläche. Matthias sieht ihr nach, dann blickt er sich um. Schließlich wirft er wie die Cousins seinen Kopf durch die Luft, als hätte er das schon die ganze Zeit tun wollen.

Um neun ist Schluss. Wegen der Nachbarn und weil wir noch Kinder seien und man, wenn es am schönsten ist, das wüssten wir doch, sagt Frau Bruhn, und dass alles einmal, und man das nicht früh genug. Tja. Wenn das so ist, müssen wir beim Aufräumen wohl passen. Ein paar von uns Jungs verziehen sich hinter die Garage und legen sich dort ins Gras. Sollen doch die Cousins aufräumen. Sie sind mit Dorothea verwandt, wir gehen nur in ihre Klasse.

Guido lässt sich als Letzter auf den Rasen fallen. Er findet, dass das ein erstklassiger Geburtstag war, dann diskutiert er mit Axel kichernd den Unterschied zwischen den Wörtern »der Spalt« und »die Spalte« und welches für Mädchen anatomisch zutreffender ist. Rüdiger und

Sven reden darüber, dass sich Rüdiger Cola in die Haare getan hat, damit sie besser halten. Axel verteilt Mentholzigaretten, die er wahrscheinlich von seinem Vater geklaut hat. Er sagt, dass Dorothea ihm verraten habe, dass ihre Mutter mit Vornamen Gundula heiße. Frau Gundula Bruhn. Wir stecken die Zigaretten an einem Feuerzeug an, das er wahrscheinlich auch geklaut hat, und können nicht mehr aufhören zu husten, während der Rauch durch unsere Köpfe glüht.

»Ein Name wie ein Mobile«, sage ich. Alle lachen und berühren mich mit ihren Händen.

Rüdiger hält Matthias für eine Missgeburt. Ich will fragen, warum, doch in diesem Moment kommt Bettina um die Ecke. Sie setzt sich zu uns, schweigsam, verschlossen, mit hartem Blick. Wir schweigen ebenfalls. Axel bietet ihr eine Zigarette an, sie lehnt ab. Wir sehen der Sonne zu, die über der Hecke untergeht, und Rüdiger bemerkt, dass er schon über einen Monat lang nicht mehr gebetet hat.

Bettina steht auf und verschwindet, ohne sich noch einmal umzusehen, um dieselbe Ecke, um die sie gekommen ist. Wir machen die Zigaretten aus und vergraben die Stummel in einem Beet. Um zehn muss ich zu Hause sein. Zehn ist sowieso schon eine Ausnahme. Ich habe gelogen, dass Axels Vater uns abholen und mich anschließend bringen würde. »Ist das so?«, hat mein Vater gefragt. Bei der Antwort habe ich mich mit der Reihenfolge der Wörter vertan. Statt »Das ist so« habe ich »So ist das« gesagt, was die Sache unglaubwürdig gemacht hat. »Wenn nicht, sagst du der Mutter von diesem Mädchen, dass du anrufen musst. Kapiert?«

Auf der Terrasse fängt mich Dorothea ab. »Du hast gar nicht mit mir getanzt.«

»Ich kann nicht tanzen«, sage ich.

»Aber du hast mit Claudia getanzt.«

»Sie hat mich gezwungen.« Man braucht schon ein Röntgengerät, um meine Lügen zu durchschauen. »Sie will da bei so einem Wettbewerb mitmachen.«

»Ach so«, sagt Dorothea. Sie lächelt mich an, als müsste noch irgendetwas geschehen.

»Es war wirklich ein toller Geburtstag«, sage ich.

»Ja. Finde ich auch. Vielen Dank, dass du gekommen bist.«

»Klar«, sage ich. Dorothea lächelt noch immer, als müsste etwas geschehen. »Spielst du eigentlich auch Fallerbahn?«

»Nein«, sagt Dorothea. »Was ist das?«

»Nichts weiter«, sage ich und frage sie, ob ihr klar sei, dass die Platte von Axel keine Opernaufnahme sei, sondern echte Rockmusik. Nein, das sei ihr nicht klar gewesen. Ob sie denn gut sei. »Sehr gut sogar.«

»Fein«, sagt Dorothea. Anders als bei ihrer Mutter klingt es bei ihr wirklich wie »fein«.

»Er ist mein bester Freund«, sage ich. Dorothea lächelt noch immer, allerdings nicht mehr so, als müsste jetzt noch irgendwas geschehen.

Ich suche Axel im Garten und finde ihn hinter dem Buchsbaum.

»Worüber hast du mit Dorothea geredet?«, fragt er.

»Über dein Geschenk«, sage ich.

Axel sagt, dass er die Plastikdinger extra nicht rausgebrochen habe, Dorothea könne die Kassette ja überspielen, wenn sie wolle.

»Ich glaube, Dorothea findet Queen fein.«

»Fein?«, fragt Axel.

Das bedeute bei Leuten wie denen gut, sage ich und frage, ob wir die nächste U-Bahn nehmen wollen, doch Axel hat keine Lust, mit der U-Bahn zu fahren. An jedem anderen Tag würde ich »Alles klar« sagen und »Gut« und wahrscheinlich »Wir sehen uns«. Weil ich annehmen würde, dass niemand mit mir was zu tun haben will. Ich würde verschwinden, ohne die geringste Lücke zu hinterlassen. Doch heute habe ich mit Claudia getanzt und mit Dorothea nicht, ich habe mir ein Spitzengeschenk einfallen lassen, mein Nicki war schön, und meine Frisur hat gehalten, und als ich einen Witz gemacht habe, haben alle gelacht. Mein Ding ist den halben Abend hart gewesen. Die Schmerzen, die ich davon habe, sollen nicht umsonst gewesen sein. »Gehst du zu Fuß?«

»Kommst du mit?«, fragt Axel.

Matthias hockt am Eingang und weint. Der Stärkste aus der Parallelklasse, aber trotzdem nett, sitzt auf den Stufen zu Bruhns Vorbau und weint. Natalja versucht, ihn zu trösten. Sie streicht über seine Schulter, als wollte sie sie abschaben. Doch Rüdiger macht unmissverständlich klar, dass Matthias keinen Trost verdient hat. Er steht über ihm. Er wirkt wie ein Fels.

»Ich habe nichts gemacht«, heult Matthias.

»Du hast ihre Bluse aufgeknotet.«

»Der Knoten ist von alleine aufgegangen.«

»Bettinas Knoten gehen nicht auf.«

»Dann soll sie ihre Scheißbluse eben zuknöpfen.«

Matthias' Nase läuft. Selbst bei einem Medizinballwunder wie Matthias ist Rotze einfach nur Rotze.

»Du weißt es vielleicht nicht. Du bist in der Parallelklasse. Aber ich finde, du solltest es wissen. Bettina ist eine Göttin.«

Rüdiger hebt einen Fuß, dann wendet er sich plötzlich ab und geht. Geht einfach. Geht den Weg durch den Vorgarten, zieht sein Fahrrad aus dem Haufen der Fahrräder, hebt es über den niedrigen Zaun, steigt auf, holt Schwung und bückt sich extra tief.

Wir rennen durch die Siedlung, vorbei an normalen Dächern, an flachen Dächern, an Nurdächern, an Büschen mit Johannisbeeren, den roten und den schwarzen. An Häusern mit lackierten Eingängen, an geparkten Wagen davor, an niedrigen Zäunen, an hohen Zäunen, an einem bepflanzten Brunnen aus Gips. An einem Loch in der Straße, an einer Mauer aus Glasbausteinen, an Wegen aus Kies. Zuletzt an einer Kirche, einem eingeschossigen Bungalow, nur am Stahlkreuz davor zu erkennen, die Silhouette eines Kreuzes, innen leer, so dass Jesus hindurchfallen würde, kreuzigte man ihn dort, und hinter der Kirche nur noch Wald und Nacht und der Geruch von Erde.

»Wo sind wir?«, frage ich.

»Ich kenne eine Abkürzung«, sagt Axel.

Wir rennen zwischen Bäumen über einen schmalen Pfad, ich versuche, Schritt zu halten. Wahrscheinlich befinden wir uns auf einem Schleichweg zur Hütte. Unter uns wuchern Wurzeln. Im Mondlicht sehen sie wie die Adern auf Frau Walthers Handrücken aus. Der Wald wirft lange Schatten. Es kommt mir so vor, als würde er auf etwas warten. Vielleicht auf die Erlaubnis, sich endlich in Bewegung zu setzen, zur Senke hin, damit die Bäume sich dort zur Beratung über die Hütte beugen können. Axel bleibt stehen und lauscht.

»Gibt es hier eigentlich Tiere?«

»Klar gibt es hier Tiere.«

»Und welche?«

»Mäuse, Vögel, Rehe, Käfer.«

»Und warum flüsterst du?«

»Ich flüstere doch gar nicht«, sagt Axel und erschrickt vor seiner eigenen Stimme.

»Geht es hier wirklich zur Hütte?«

»Das ist eine Überraschung«, sagt Axel. Er fasst mich am Arm und zieht mich ins Unterholz. Kurz darauf stehen wir an einem hohen Zaun. Oben ist ein doppelter Stacheldraht gespannt.

»Da kommen wir nie im Leben rüber.«

»Müssen wir auch nicht. Hier unten ist ein Loch.«

»Das geht nicht. Wir werden total dreckig.«

»Wir müssen uns sowieso ausziehen.« Axel grinst. Ohne den Blick von mir abzuwenden, knöpft er sein Hemd auf. Dann steigt er aus seinen Schuhen, aus den Socken, zuletzt zieht er die Hose aus, legt seine Kleidung zusammen und rollt sie zu einem Bündel. »Mach schon.« Er lacht. Seine Brustwarzen sind so winzig, dass man sie im Mondlicht kaum erkennen kann.

Während ich zögernd ein Kleidungsstück nach dem anderen ausziehe, sage ich mir im Stillen ihre Bezeichnungen vor. Schwarze Halbschuhe, Strümpfe, Cordhose, Pferdenicki. Ich schäme mich. Meine Brustwarzen sind im Mondlicht deutlich zu erkennen.

»Mach deinen Arsch flach, sonst bleibst du mit der Unterhose hängen.« Axels Unterhose hat einen Fehldruck. Während er unter dem Zaun hindurchkriecht, erkenne ich, dass ein paar der Apfelsinen auf der linken Arschbacke halbiert sind.

Auf der anderen Seite des Zauns stehen schwarze Tannen in dichter Reihe. Wir müssen durch die Zweige brechen. Was folgt, ist irre, ohne jede Diskussion irre, und ich hätte es niemals erwartet. Wir sind ins Freibad eingebrochen. Wir sind eingebrochen. Mitten in der Nacht. Ins Freibad. Wenn wir erwischt werden, ist unser schönes Leben vorbei. Wir sind jetzt Kriminelle: auf die schiefe Bahn geraten, den falschen Freunden vertraut. Als Nächstes klauen wir ein Auto. Oder leeren zumindest einen Kaugummiautomaten, kokeln ein Loch ins Sichtfenster und verkaufen die Plastikringe auf dem Schwarzmarkt oder ziehen dem Eiskühler an der Tankstelle den Stecker und machen Noggersuppe, schmeißen das Kellerfenster vom Schwimmclub ein, lassen die Vereinskasse mitgehen und pinkeln in den Whiskey an der Bar. Unsere Stimmen werden heiser werden, unsere Körper werden nach Schweiß stinken, die tätowierten Zeichen auf unserer Haut werden ausfransen.

»Irre«, sage ich.

»Abgefahren, oder?«

»Auf jeden Fall.«

Das Freibad sieht schön aus. Der Sprungturm gleicht einem erstarrten Tier, die Startblöcke könnten der Nachwuchs sein. Im glatten Wasser spiegelt sich der Mond. »Traust du dich rein?«, fragt Axel.

Wir laufen über die Wiese. An der Mauer zur Umkleide drückt mich Axel gegen den Waschbeton und späht um die Ecke. Ausgerechnet jetzt sehe ich unscharf. Ich weiß nicht, ob ich schwitzen oder frieren soll. Mein Herz pocht in meinen Schläfen. Axel zieht mich den kleinen Hang hinunter. Wir staksen durchs Duschbecken. Dann stehen wir vor dem spiegelglatten Wasser.

»Sollen wir wirklich?«, frage ich.

Wir nehmen den Einstieg im Nichtschwimmerbereich. Axels Körper zerteilt den Mond. Pfützen aus Licht treiben auf dem Wasser. Das Freibad ist aufgewacht. Ich tauche ab. Mein Blick wird scharf, mein Herz beruhigt sich. Ich schwitze nicht, ich friere nicht. Ich bin ein U-Boot-Wesen und habe keine Angst mehr. Ich greife nach Axels Fuß und ziehe ihn zu mir herunter. Axel paddelt wie verrückt. Nach einer Weile lasse ich los. Wir tauchen auf, Axel prustet.

»Leise«, flüstere ich.

Nach nicht mal einer halben Bahn gehen wir wieder raus. Wir lassen uns auf den Beton fallen, er ist noch warm vom Tag.

»Leise«, flüstert Axel. Wir kichern. Wir legen uns den Zeigefinger auf die Lippen. Wir atmen im gleichen Takt.

»Deine Unterhose hat einen Fehldruck.«

»Ich weiß. Die Blaue Mauritius der Unterhosen.«

»Die blaue was?«

»Mauritius. Es gibt auch eine rote. Das sind Briefmarken. Sehr wertvoll.«

Je länger man in den Himmel sieht, desto mehr Sterne erkennt man. Vielleicht, weil sich die Augen an die Dunkelheit gewöhnen. Vielleicht, weil die Sterne auch gerade erst aufgehen. »Was glaubst du, wie viele das sind?«, frage ich.

»Unzählige«, sagt Axel. Er zeichnet mit dem Finger Linien auf den Himmel. Von den Wipfeln der schwarzen Tannen auf der einen Seite des Freibads zu den Wipfeln der schwarzen Tannen auf der anderen. »Im Planetarium kann man mit dem Projektor mit Lichtgeschwindigkeit in die reinfahren. Dadurch werden es noch mehr. Aber die meisten von denen sind längst erloschen.«

»Und warum sieht man sie dann?«

»Weil das Licht Jahre auf die Erde braucht. Jahrhunderte. Jahrtausende. Weil du bei jedem Blick in den Himmel in die Vergangenheit siehst.«

Ich frage mich, wie viele Kilometer wir mit dem Licht zurücklegen müssten, um Axels Mutter wieder lebendig werden zu lassen. Mehr als von hier bis zum Nordkap auf jeden Fall.

»Die Sonne braucht aber nur acht Minuten.«

»Wenn es sie noch gibt. Vielleicht ist sie ja gerade explodiert.«

»Das wissen wir in acht Minuten.«

»Wir haben aber beide keine Uhr.«

Niemand kann sich vorstellen, wie lang acht Minuten sind, wenn man sie zählen muss, und niemand kann sich vorstellen, wie schön sie sind, wenn man darauf wartet, dass die Sonne explodiert und der Mond sich verfinstert. Axel zählt die Sekunden, und es klingt, als würde er dem Himmel einen Vorschlag machen. Ich zähle lautlos mit, ein Echo aus Luft. Möglicherweise schlafe ich zwischendurch auch mal kurz ein.

»Alles in Ordnung«, sagt Axel. »Es gibt sie noch. Wäre sie explodiert, wären wir schlagartig erfroren.«

»Aber nur weil es gerade gutgegangen ist, heißt das nicht, dass sie nicht zum Beispiel jetzt explodiert. In diesem Moment.«

»Ich zähle auf keinen Fall noch mal.«

»Dann wirst du es nie erfahren.«

Axel grinst. Er zupft an einer Apfelsine auf seiner Unterhose und dreht sich auf den Bauch. »Ich glaube, Rüdiger ist in dich verliebt.«

Ich mache den Mund auf und wieder zu. Ich bekomme kaum Luft. Ich würde gerne ins Wasser zurück und abtauchen. Bis zum Grund. Vielleicht würden mir Kiemen wachsen. »Warum in mich?«

»Wie er dich anguckt.«

»Er guckt mich an?«

»Das macht doch nichts.«

»Ich habe es nur nicht bemerkt.«

»Er guckt, wenn du nicht hinsiehst. Findest du es schlimm?«

Ich würde gerne sagen, dass ich es toll finde. Dass ich mich auch in ihn verlieben könnte. Oder in irgendeinen anderen Jungen aus unserer Klasse. Oder sogar in Felix, den nicht festen Freund meiner Schwester, obwohl er alt ist und Klarinette spielt. Aber eigentlich müsste ich Axel sagen, dass ich in ihn verliebt bin. Und dass ich ihn betrüge, wenn er glaubt, dass ich nur sein Freund sein möchte. Die Welt rüttelt an mir. Der Wald macht sich auf den Weg. Die schwarzen Tannen marschieren zur Senke. »Ich spiele mit Rüdiger Fallerbahn.«

»Du hast eine?«, fragt Axel.

»Ja«, sage ich. »Das Katapult ist aber ausgeleiert.«

20

Mein Vater ist im Hockeyclub, meine Mutter in der Stadt und meine Schwester mit ihrem Asti Spumante bei Benjamin von Mackensen. Ich habe Hausarrest. Vor die Tür darf ich nur, um den Müll rauszubringen oder die Zeitung rein, sonst soll ich im Zimmer bleiben und nachdenken und das dann aufschreiben. Als ich gestern Abend nach Hause gekommen bin, war es exakt 23:18 Uhr. Ob ich denn bescheuert sei, ich sei ein Kind, kein verpickelter Jugendlicher, und warum sie eigentlich nicht die Nummer von der Mutter von diesem Mädchen hätten. »Hast du das etwa geplant?« Eigentlich nicht, habe ich gesagt, das sei zufällig passiert und deshalb ja wohl auch nicht so schlimm, worauf mein Vater »Hausarrest mit offenem Ende« gebrüllt und mich ins Bett geschickt hat. Viel ist beim Nachdenken heute noch nicht rausgekommen. Bisher habe ich nur ein paar halbe Apfelsinen gemalt und Australien einen zweiten Rand.

Ich gehe runter und schalte den Fernseher an. Im Dritten läuft eine Sendung über Bäume im Schwarzwald. In der Küche klaue ich mir ein Glas Himbeermarmelade und gehe wieder hoch. Die Betten im Schlafzimmer meiner Eltern sind noch nicht gemacht. Auf dem Nachttisch meines Vaters liegt ein Bildband über Segelboote, auf dem meiner Mutter ein Paar Ohrringe und ein Taschentuch mit dem Abdruck ihres Lippenstifts. Die zimmerbreite Spiegelschrankwand steht offen. Die Seidenblusen meiner Mutter hängen an Bügeln auf der linken Seite. Daneben quetschen sich ein paar erdbraune Damenhosen an die Stange. In der Mitte hängen die Röcke meiner Mutter, mini, midi, maxi. In einem Fach rechts davon liegen übereinandergestapelt die Unterhosen meines Vaters. Weiß und gebügelt. Nur am Bündchen sind drei farbige Fäden eingewebt. Zwischen den Beinlöchern sind die Unterhosen ausgebeult. Ich ziehe mich blitzschnell aus und eine der Unterhosen meines Vaters an. Mein Ding passt dreimal in seine Beule. Ich schiebe die Tür der Schrankwand zu und betrachte mich im Spiegel. Die Unterhose ist ziemlich elastisch, aber bis zu meinen Brustwarzen bekomme ich sie nicht hochgezogen.

Plötzlich steht mein Vater schwankend in der Tür. »Sag mal, spinnst du? Was machst du hier? Was soll das? Ist das etwa meine Unterhose? Wo ist deine Mutter?«

»In der Stadt«, sage ich.

»Das ist mir scheißegal. Was machst du hier?«

»Ich wollte nur.«

»Was?«

»Nur mal kurz.«

»Was wolltest du kurz?«

»Gucken.« Um irgendwas zu tun, zeige ich auf mein Spiegelbild.

»Was soll der Scheiß?«

»Es ist nur«, stammle ich. »Ich wollte. Tut mir leid. Ich wollte nur gucken. Nur kurz. Weil ich schwul bin. Tut mir leid.«

»Das ist kein Grund, in meiner Unterwäsche rumzuwühlen«, schreit mein Vater. »Verschwinde. Du ziehst die aus und tust die unten in die Waschmaschine.« Ich will die Unterhose ausziehen, doch er schreit: »Nicht hier. Unten.« Er riecht extrem nach Hockeyclub. Plötzlich bekommt er einen Lachanfall und muss sich am Türrahmen festhalten. »Du bist so eine Pfandflasche. Hau ab. Ich will meine Ruhe. Und Glückwunsch zur Erkenntnis.« Ich bin schon fast an der Treppe, da brüllt er noch: »Du machst den Rasenmäher sauber. Tippitoppi. Und fettest die Messer ein. Wenn der hinterher nicht wie neu aussieht, kannst du – was macht die Marmelade hier auf meinem Nachttisch?« Und damit knallt die Tür zu.

Ich ziehe die Unterhose noch auf der Treppe aus. Ich laufe in den Keller, lege sie sorgfältig gefaltet auf die Waschmaschine und beschwere sie mit der Kaffeetasse, mit der meine Mutter das Waschpulver aus der Packung schöpft. Dann renne ich hoch in mein Zimmer und ziehe besonders lumpige Sachen an. Im Dritten läuft jetzt ein Quiz. Ich rolle den Rasenmäher aus der Garage in den toten Winkel neben der Regentonne, kippe ihn und hocke mich vor die Messerwalze. Während ich die Grashalme einzeln von den Klingen zupfe, zähle ich sie, dann lege ich sie nebeneinander auf den Beton. Ich schaffe etwa zwanzig Halme in der Minute.

Das Ganze war ein Versehen. Ich habe nicht vorgehabt, es zu erzählen. Nicht heute, nicht morgen, nicht übermorgen. Ab jetzt bin ich nur noch der Schwule. Ich kann die Brustwarzen meines Vaters nicht mehr ansehen, ohne dass es etwas bedeutet. Ich kann nicht mehr über seine Witze lachen, kann ihn nicht ohne weiteres dafür bewundern, dass er aufs Dach steigt und die Fernsehantenne ausrichtet, dass er beim Autofahren das Lenkrad nur mit dem Daumen bedient und manchmal auch nur mit dem Schenkel und dass er beim Hockey wahrscheinlich einen Haufen Tore schießt, von denen er zu Hause nie etwas erzählt. Ich kann auch nicht stolz darauf sein, dass er einmal in der Schule auf den Tisch gehauen und erklärt hat, eine Sportnote sollte berücksichtigen, was die Kinder gut können, und sein Sohn sei nun einmal ein hervorragender Seilkletterer und der Lehrplan ihm herzlich egal. Ich kann nicht mal, wenn er meine Mutter hochhebt und aufs Sofa wirft und sich neben sie und sie küsst, hinterherspringen und mich zwischen sie drängeln. Es könnte ja bedeuten, dass ich in ihn verliebt bin.

Die Grashalme sind ab, die Klingen eingefettet, ich habe sogar den Auffangkorb geputzt. Als ich ins Haus komme, steht mein Vater am Küchentisch und berichtet meiner Mutter, dass man sich im Hockeyclub erzählt, Dr. Schlierhammer würde sich von seiner Frau scheiden lassen. »Die ist wahrscheinlich schon wieder in ihrem Bora-Bora. Jetzt hat er vor, die von davor zu reaktivieren.«

»Thailand«, sagt meine Mutter.

»Was ist mit Thailand?«, fragt mein Vater.

»Die Gattin von Dr. Schlierhammer kommt aus Thailand.«

»Hübsch ist die aber.« Mein Vater klaut sich eine Gurkenscheibe aus der Salatschüssel.

»Willst du vielleicht mal den Tisch decken?«, fragt meine Mutter.

»Die andere hat ein Muttermal am Hals, auf das man andauernd sehen muss. Darunter leidet der Rest.«

»Was würdest du eigentlich davon halten, wenn ich dir erzählen würde, wo Dr. Schlierhammer überall Muttermale hat, die den Blick auf seine Vorzüge verstellen?«

»Wo denn?«, fragt mein Vater.

»Wir brauchen Schälchen für den Salat«, sagt meine Mutter.

»Der einzige Vorzug, den Dr. Schlierhammer hat, ist sein Kontostand.«

Meine Mutter sieht mich im Flur stehen. »Na, mein Schöner?«

Mein Vater geht zum Schrank, holt vier Schälchen heraus und drückt sie mir in die Hand. »Hilf mal aufdecken. Und dann sag deiner Schwester Bescheid.«

»Die ist bei Benjamin«, murmle ich, ohne aufzusehen.

»Benjamin. Benjamin.« Mein Vater schüttelt den Kopf.

»Wenn du irgendwann eine Freundin hast, versauern wir hier komplett«, sagt meine Mutter.

»Irgendwann. Irgendwann.«

Meine Mutter verbrennt sich am Nudelauflauf. Mein Vater knallt ein Brettchen auf den Tisch. Ich weiß nicht, was er mit »irgendwann« meint. Vielleicht nichts. Vielleicht hat er alles vergessen. Er war betrunken. Vielleicht ist er eingeschlafen und hat von einem Mädchen geträumt, das aus der Spiegelschrankwand getreten ist und ihm ein Glas Himbeermarmelade geschenkt hat. Jenes Glas, das jetzt neben der Spüle steht. Meine Mutter schiebt den Nudelauflauf aufs Brettchen und pustet auf ihre Fingerspitzen.

»Die war ständig aufgemotzt. Bevor die den Geschirrspüler eingeräumt hat, hat die sich erst mal geschminkt.«

»Welche jetzt?«

»Die aus Bora-Bora«, sagt mein Vater und fügt kauend hinzu, die andere besitze ein Lockengerät und rieche deshalb immer etwas angebrannt.

»Hast du an ihr geschnuppert?«, fragt meine Mutter.

Meine Eltern hauen rein, ich nage am Salat. Irgendwann erwähnt meine Mutter, dass mein Vater seine verdreckten

Unterhosen gerne auch direkt in die Maschine werfen dürfe. Ich habe das Gefühl, dass mein Vater sich zwingt, nicht zu lachen. Mit harten Lippen fragt er, ob es noch Kuchen gebe. »Der Junge ist noch lange nicht satt.«

21

Am Sonntagnachmittag klingelt es. Mein Vater öffnet die Tür. »Herr Peschke!« Axel steht auf der Fußmatte. Er stellt eine Sporttasche ab und tritt sich den Dreck von den Schuhen. An einem Band trägt er den Schlüssel um den Hals, den ich im Freibad gefunden habe und der in mehrere Schlösser passen soll.

»Darf er denn rein?«, frage ich.

»Warum nicht?«, sagt mein Vater. Er legt seine Hand in Axels Nacken und zieht ihn ins Haus. Dann gibt er uns ein Zeichen, ihm zu folgen.

»Hat er seine Hand gerade extra schwer gemacht?«, flüstere ich.

»Nein«, flüstert Axel und schüttelt den Kopf. »Was ist denn los?«

Kaum in der Küche, verkündet mein Vater, dass der Herr Peschke vorbeigekommen sei, um den Herrn Sohn abzuholen.

»Hat er nicht Hausarrest?«, fragt meine Mutter.

»Ach«, sagt mein Vater. »Dann willst du den Henkelmann wohl selbst zur Nachbarin tragen?«

Meine Mutter sieht meinen Vater an, als würde sie ihn gerade erst kennenlernen.

»In ihrem Eisfach ist höchstens Platz für einmal Vorgekochtes.«

»Woher weißt du das?«, fragt meine Mutter.

»Das hat der Herr Sohn mir erzählt. Und irgendjemand muss sich um die arme Frau ja kümmern. Oder willst du das der Caritas überlassen?«

»Nein«, sagt meine Mutter. »Natürlich nicht. Und sein Freund soll ihm dabei helfen?«

»Sicher ist sicher. Der junge Herr Peschke ist ein sehr vernünftiger Zeitgenosse, hab ich recht?«, sagt mein Vater und wendet sich Axel zu.

Axel zieht die Schultern hoch und vergisst, sie wieder fallen zu lassen. Er sieht abwechselnd meine Mutter und meinen Vater an, dann starrt er auf meine Schwester, die sich plötzlich wie eine Kletterpflanze um den Türrahmen rankt.

»Schön«, sagt mein Vater und schaufelt die Reste vom Nudelauflauf in den Henkelmann. Und dann noch einmal: »Schön.«

Wir sitzen auf Frau Walthers Terrasse und müssen Radieschen essen. Rita erntet sie. Sie kriecht durch ein Gemüsebeet und zieht an den Büscheln. Währenddessen begutachtet Frau Walther, das Gipsbein auf einem umgekippten Eimer, kleine Tonfiguren, die Rita mitgebracht hat. Sie wurden von Kindern getöpfert, um die sich die Caritas kümmert, und sollen bei einer Tombola verlost werden. Die meisten sehen aus, als hätten die Kinder keine Hände. Der Hauptgewinn soll entweder ein Übertopf aus Pappmaché sein oder ein fischförmiges Schlüsselbrett, beide mit bunten Schuppen bemalt. Rita kann sich nicht entscheiden. Frau Walther auch nicht. Also überlassen sie es uns.

»Gibt es denn auch Sachen aus Makramee?«, fragt Axel.

»Ich wüsste nicht«, sagt Frau Walther. »Aber gibt es nicht bei jeder Tombola Sachen aus Makramee?«

»Dann ist der Fisch eindeutig der Hauptgewinn.«

»Einverstanden, Julle?«

Ich nicke. Mir ist der Hauptgewinn egal. Ich frage mich, seit wann die Caritas an einem Sonntag bei einem Beinbruch Radieschen erntet. Axel fragt Frau Walther, ob sie Osteoporose hat.

»Woher weißt du das?«

»Das ist doch die Krankheit, wo man sich die Knochen bricht.«

Das war ja klar. Axel hat die Krankheit von Frau Walther, von der ich ihm wegen Karl Siebert erzählt habe, nachgeschlagen und kennt nun schon wieder ein Lexikon-Wort mehr als ich.

»Ja, schrecklich«, sagt Frau Walther. »Und leider progredient.«

»Was heißt das?«

»Fortschreitend. Dass die Krankheit schlimmer wird.«

»Und was heißt das?«

»Dass ich krumm und schief werde. Ich bin schon um dreieinhalb Zentimeter geschrumpft.«

Axel misst mit Daumen und Zeigefinger dreieinhalb Zentimeter ab. »Das geht ja noch.«

»Ich werde einen Buckel bekommen. Ich weiß nicht, was Rita davon halten wird.«

Ich frage mich, warum es eine Rolle spielen sollte, was Rita davon hält. Und warum Axel das kümmert. Er tut so, als würde er Frau Walther länger kennen als ich.

»Sie ist von der Caritas«, sagt er. »Die sind so was gewöhnt.«

»Meinst du?«

»Meine Mutter ist eine Zeit lang von der Caritas gepflegt worden.«

»Interessant. Und dann?«

»Dann ist sie gestorben.«

»Oh«, sagt Frau Walther. »Das tut mir leid. Das tut mir sehr leid. Das muss ja furchtbar sein.«

»Wenn man verbrennt, schrumpft man aber mehr als nur dreieinhalb Zentimeter. Eher zwanzig oder dreißig. Das Fett tritt aus, und das Fleisch verschmort.«

»Um Himmels willen. Ist deine Mutter verbrannt?«

»Nein. Wieso?«

Frau Walther schweigt. Axel schweigt ebenfalls. Rita kriecht durch krautige Blätter. »Die Zucchini sind krumm und schief.« Frau Walther seufzt.

»Meine Mutter hatte Leukämie. Sie ist einfach nur dünner geworden.«

»Das tut mir wirklich sehr leid, Jung«, sagt Frau Walther.

»Weiß Rita denn, dass Sie früher mal dreieinhalb Zentimeter größer waren?«

»Nein. Ich kenne sie erst seit kurzem. Seit dem Beinbruch.«

»Vielleicht mag sie kleine Frauen.«

Frau Walther sieht Axel eine Weile an, dann lächelt sie und streicht ihm über die Hand, obwohl sie eigentlich meine Freundin ist.

»Der ganze Garten ist irgendwie krumm und schief«, sagt Axel.

Frau Walther lacht. »Das liegt an der Hanglage. Der Hang ist durch einen Erdfall entstanden. Gesteinsschichten im Untergrund sind durch die Feuchtigkeit porös geworden und wurden zerrieben. Die Schichten darüber sind dann in den entstandenen Hohlraum eingebrochen.«

»Der Boden ist also eingesackt? Wie bei einer Mulde?«

»Ja. Aber lange bevor hier gebaut wurde.«

Rita kommt aus dem Beet und tritt an den Tisch. Sie legt eine verbogene Zucchini auf den Radieschenteller. »Da zieht was auf.«

»Davon kam aber nichts in der Tagesschau«, sagt Frau Walther.

»Trotzdem«, sagt Rita und stellt die unförmigen Tonfiguren zu einer Gruppe zusammen. »Wir müssen an den Rändern noch Unkrautvernichter auskippen, sonst wächst das aufs Nachbargrundstück. Das mache ich aber erst, wenn der Regen durch ist. Habt ihr euch entschieden?«

»Die Jungs haben entschieden. Sie schlagen den Fisch vor.«

Rita nickt. »Ich wusste, dass es der Übertopf nicht wird.«

Plötzlich hat Axel es eilig. Er greift nach der Sporttasche, steht auf und sagt, wir müssten noch was erledigen, er und ich, im Wald hinter der Weide, da hätten wir etwas entdeckt, ein Geheimnis, dem wir aber langsam auf die Spur kämen, Frau Walther habe uns dabei sehr geholfen, auch wenn sie es vielleicht gar nicht gewollt habe. Die Radieschen seien lecker gewesen, und die Zucchini würden es bestimmt auch sein, er glaube, dass es für alles eine Erklärung gebe, man müsse nur gründlich genug danach suchen und dann die richtigen Schlüsse ziehen, und den Fisch würde er bei der Tombola am liebsten selbst gewinnen, und zu Rita sagt er, dass Buckel nicht schlimm seien.

Ich habe im Wald hinter der Weide überhaupt nichts entdeckt und komme deshalb auch keinem Geheimnis auf die Spur. Ich kenne Karl Siebert nicht. Mir ist egal, was mit ihm passiert ist, und über einen Übertopf mit Schuppenmuster würde ich mich vielleicht auch freuen. Aber ich bin ja verliebt und dumm und laufe herum wie ein Untertan.

Immerhin darf ich Frau Walther stützen, als sie und Rita uns zur Tür bringen. Beim toten Rhododendron drehe ich mich noch einmal um und sehe, dass Rita Frau Walther aufs Ohr küsst. Es sieht schön aus. »Ach so«, sage ich, als wir den Hang hinunterlaufen.

Die Senke riecht muffig. Axel stellt die Sporttasche auf das Kunstledersofa, holt die Yashica heraus, öffnet das Futteral, dreht an den Ringen des Objektivs, sucht die zuvor festgelegte Position, stellt sich breitbeinig hin, schiebt sich den Freibadschlüssel ins Hemd, wartet ein paar Sekunden, die er stumm abzählt, macht das Foto und legt die Kamera zurück in die Sporttasche. Dann setzt er sich auf die aufgeplatzte Elefantenhaut des Kunstlederbezugs und steckt sich eine Mentholzigarette an. »Frau Walther wirkt vertrauenswürdig. Aber was ist mit Rita?«

»Rita ist phänomenal vernünftig.«

»Wer sagt das?«

»Frau Walther. Und die ist ja wohl ihre Freundin.«

Ich sehe mich um. Die Hütte sieht unverändert aus. Ein verkohltes Nest, das stinkend vor sich hin rottet. Insekten schwärmen durch die aufgerissene Teerpappe. Im Eingang wuchern ein paar Disteln. Raupen spinnen dem geborstenen Fenster ein Gespinst. Der First hat einen leichten Knick. Auch der Wald ist derselbe. Vielleicht sind die Bäume etwas schief. Vielleicht auch nicht. Vielleicht ist das alles nur Einbildung. Dann gibt es hier auch nichts zu entdecken. Kein Geheimnis. Keine Erklärung. Kein Garnichts. Für nichts und für niemand. Eine Hütte hat gebrannt. Die Feuerwehr hat sie gelöscht. Ich habe mich in einen Jungen verliebt. Er sich aber nicht in mich. Ich halte die Luft an, um nicht zu weinen, und sehe in den Himmel. Die Wolken sind schwefelgelb. Tropfen fallen auf mein Gesicht.

»Das sind Gänsedisteln«, sagt Axel.

»Ist das nicht ziemlich egal?«, frage ich.

22

»Der und seine komischen Wolken. Was ist dem sein Problem?« Aus irgendeinem Grund finden die meisten Rüdiger heute bescheuert. Ich benutze meine Augen wie Fenster und beobachte ihn durch sie, als würde ich in meinem eigenen Kopf stehen. Er zeichnet gerade ein Treppenwesen entlang der Karos in sein Ringbuch. Es ist nackt. Das Ding des Wesens wächst über die gesamte Seite. Die Eier sind gezackt.

»Wer ist das?«, frage ich.

»Das sieht man doch«, sagt Rüdiger. »Herr Stahnke. Den Überbiss habe ich aber verhunzt.«

Ich vergleiche das Bild mit dem echten Herrn Stahnke, der uns gerade darüber aufklärt, dass wir Menschen Diplonten seien, deren Chromatiden sich chiasmatisch miteinander verbinden würden. Bei ihm würde das Ding über die gesamte Klasse ragen.

Solange ich Rüdiger ansehe, wird er mich nicht ansehen. Ich weiß nicht, wie ich dieses Dilemma lösen soll. Aber ich weiß, dass ich ihn nicht bescheuert finde. Ganz im Gegenteil. Aus irgendeinem Grund hat er den Zeigefinger seiner linken Hand im unteren Ring seines Ringbuchs eingeklemmt.

»Ich habe ihn neulich mit meiner Mutter im Supermarkt getroffen. Er hat ihr erzählt, dass sein Hund gestorben ist und er ihn ausstopfen lassen will.«

Herr Stahnke schlägt aufs Pult. »Rüdiger.« Dann spricht er bedeutungsvoll vom Daseinskampfe. Ich kann Leuten einfach nicht zuhören, die an normale Wörter ein E dranhängen.

»Er hat vier Packungen Tiefkühlspinat gekauft«, flüstert Rüdiger.

»Und was noch?«, flüstere ich.

»Speisestärke«, flüstert Rüdiger und radiert dem Treppenwesen die Vorhaut weg. Ich greife hinüber und befreie Rüdigers Zeigefinger aus dem Ring.

»Rüdiger!«, brüllt Herr Stahnke.

»Was für ein bescheuerter Name«, flüstert Rüdiger.

In der Pause sehe ich Axel mit Dr. Lachmann diskutieren. Er scheint ihm seine Geige geben zu wollen, doch Dr. Lachmann lehnt ab und versucht offenbar, ihm etwas zu erklären. Axel schüttelt den Kopf. Schließlich stellt er das Instrument an die Wand und geht. Ich will ihm nach und fragen, warum er seine Geige loswerden will, doch in diesem Moment blinkt Nataljas Zahnspange vor meinem Gesicht. Ich könne mich auf was gefasst machen, Jörg wolle mich hinter der Aula treffen, und zwar umgehend. Sie sagt das letzte Wort, als wären es drei, und ich habe Zeit, über Alternativen nachzudenken. Ich könnte Jörg verpetzen, mir Prügelhilfe von Guido, Rüdiger und Matthias holen oder Bettina bitten, Jörg mit ihrem Knoten zu verwirren. Oder ich bitte Natalja, dasselbe mit ihrer Zahnspange zu tun. Wenn sie ihren Mund zulässt, sieht sie eigentlich ganz hübsch aus. Ich könnte auch einfach abhauen. Doch ich habe mir vorgenommen, keine Angst mehr zu haben. Natalja scheint mich zu bedauern. Während ich die schmale Treppe am Seiteneingang der Aula zum abgelegensten Teil der Schule hinuntersteige, denke ich, du Zwerg, du Gnom, du Wicht. Es regnet in Strömen.

Jörg wartet an einem Baum, breitbeinig und durchnässt. Ich habe zwar keine Angst mehr, aber ich bin immer noch ein Klappergestell, eine Puppe aus zusammengehakten Stäben.

»Soll ich dir mal zeigen, wie man sich wehrt?«

»Warum das denn?«, frage ich.

»Weil es nützlich ist.«

»Jetzt? Es regnet. Wir werden total nass.«

»Das Wetter kann man sich ja nun nicht aussuchen.« Jörg tritt einige Schritte vor, nimmt eine geduckte Boxerstellung ein, fixiert mich blinzelnd und sagt, man müsse immer auf die Nase zielen. Die Größe des Gegners sei völlig egal. Ab einer bestimmten Größe könne man sich den Feind ohnehin nicht mehr vorstellen. Und damit sich das alles nicht zu lasch anfühle, müsse man sich im Stillen ätzende Schimpfwörter vorsagen und dann los. »Los!«, schreit Jörg.

»Was?«

»Los!«

»Jetzt?«

»Schlag zu!«

»Wirklich?«

»Los!«

Ich starre auf Jörgs Nasenspitze, denke, du Hilfspolizistenschleim, du Schwulenfeind, du Minderheit, und schlage tatsächlich zu. Ich treffe Jörgs Nase, nicht frontal, aber doch so ziemlich. Sie fängt sofort an zu bluten.

»Oh, oh, oh«, sage ich. »Das wollte ich nicht.«

»Kein Problem«, näselt Jörg und versucht, das Blut mit der Zunge aufzufangen. »Das war, also, eigentlich, ja. Das war schon ziemlich gut.«

»Du musst dich hinsetzen und den Kopf hochtun«, sage ich.

»Und du musst«, sagt Jörg und rutscht am Baumstamm in den Matsch, »du musst den Gegner, wenn du ihn am Boden hast, festnageln. Als würdest du ihn kreuzigen. Du musst dir vorstellen, dass die Welt vollkommen leer ist, und du bist der einzige Überlebende.«

»Extrem«, sage ich.

»Ja«, sagt Jörg. »Aber so läuft das.«

Am liebsten würde er mir noch mehr beibringen. Zum Glück hat er nach der Schule Hockeytraining und möchte da nicht so rumbluten.

»Du spielst Hockey?«

»Das will mein Vater so.«

Wir schwänzen die letzten beiden Stunden, wir sind eindeutig zu nass und zu verdreckt. An der Tankstelle treffen wir Sven. Er zittert.

»Was ist los?«, fragt Jörg.

»Nichts ist los«, sagt Sven.

»Warum zitterst du dann?«, frage ich.

»Lass mich in Ruhe«, sagt Sven.

»Du bist ein solcher Krustenkopf«, sagen Jörg und ich gleichzeitig.

»Lasst mich endlich in Ruhe«, sagt Sven. Er zittert und beißt sich auf die Zähne.

Bei Hillers sehen wir uns im Fenster die Fotoalben an. Das selbstklebende Modell, das ich für Dorothea besorgt habe, ist ausverkauft. Kein Wunder. Jörg würde ein schwarzes Album kaufen und Fotos von Totenköpfen reinkleben. Anschließend müssen wir in unterschiedliche Richtungen. Als ich mich noch einmal umdrehe, dreht sich Jörg auch noch einmal um. Der Regen hat die Welt lackiert.

Mein Vater hält Bodendecker für eine bescheuerte Idee. Er hat auf dem Plan, den meine Mutter gezeichnet hat, ein paar der Kringel, die den Garten seiner Ansicht nach unnötig zuwuchern, ausradiert, um freie Zufahrt zum Komposthaufen zu haben. Meine Mutter hockt im Beet und setzt seinen Plan um. Es nieselt auf ihr Kopftuch, sie bekommt nicht mit, dass ich zu früh nach Hause komme. Ich gehe rückwärts über die Terrasse, um sie im Blick zu behalten, und laufe direkt in meine Schwester und Benjamin von Mackensen.

»Wie siehst du denn aus?«, fragt meine Schwester.

»Lass deinen Bruder doch mal in Ruhe«, sagt Benjamin.

Meine Mutter winkt aus dem Beet. Nachdem meine Behauptung, das halbe Lehrerkollegium habe Sommergrippe, weshalb sich die tägliche Stundenzahl drastisch reduziert habe, ihr nur ein müdes Lächeln entlockt, setzen wir uns unter die Markise, essen das Weihnachtsgebäck, das sie vor kurzem gebacken hat, und schwänzen den Tag, wie sie es nennt. Meine Schwester gibt zu, dass sie jetzt eigentlich Deutsch hätte, und Benjamin gibt zu, dass er jetzt eigentlich in der Kanzlei seines Vaters aushelfen müsste. »Akten«, sagt er. Meine Schwester lobt, wie mutig sich Benni gegen seine Familie stellt, eine Familie mit dunkler Vergangenheit, eine Familie vom Hang. Dann redet sie von einem Gedicht, das sie in Deutsch analysieren müssen, vierzehn Zeilen, in denen in der ersten Strophe Schwäne ihre Köpfe in einen See tunken, worauf es in der zweiten Strophe Winter wird und irgendwas klirrt. Meine

Mutter verteilt die letzten Vanillekipferln und gibt mir ein Kipferl extra.

»Dein Vater meint es nicht so. Fast nichts von dem, was dein Vater sagt, meint er wirklich so.«

»Gut zu wissen«, sagt meine Schwester.

»Das gilt nicht für gestohlenen Asti Spumante. Im Übrigen rede ich mit deinem Bruder.« Meine Mutter streicht mir über den Kopf. »Mach dir keine Sorgen, mein Schöner. Das ist nicht nötig. So was ist bei deinem Vater nicht nötig.«

Ich würde am liebsten ein bisschen heulen. Stattdessen esse ich das Vanillekipferl besonders langsam. Benjamin sagt, meine Schwester habe den Sekt für ihn geklaut, seine Eltern erlaubten keinen Alkohol, sie seien Freimaurer und in Fragen des Exzesses rigoros. Ich frage, warum manche Senfhersteller ihren Senf in Gläser abfüllen, die wie Trinkgläser aussehen und aus denen dann alte Schwule Schnaps trinken würden.

»Warum denn nicht?«, fragt meine Mutter. »Das ist doch nett.«

Zu Hause bei Axel geht es heute nicht, deshalb verabreden wir uns für den Abend an der Kabeltrommel.

»Welche Kabeltrommel?«, flüstert Axel ins Telefon.

»Die auf der Baustelle vor eurem Haus«, flüstere ich zurück.

Axel bringt einen Regenschirm mit, das Wetter ist wieder schlechter geworden. Er spannt ihn auf, es pladdert auf den Bezug. Ich fange sofort an zu reden und kann nicht mehr aufhören. Ich erzähle von Rüdiger, Natalja und ihrem Mund, von Jörg, Sven, Benjamin und meiner Mutter. Ich erwähne sogar meine Schwester. Ich rede von vier Packungen Tiefkühlspinat und Frontalschlägen auf die

Nase, ich überlege laut, mit was für Akten sich Benni wohl herumschlagen muss, und sage, dass Axel froh sein könne, dass er den Rasen zwischen den Hochhäusern nicht mähen müsse. Ich kneife mir in die Schenkel, um nicht versehentlich zu erzählen, dass mein Vater mich in einer seiner Unterhosen erwischt hat und was dann noch passiert ist. Ich zähle alle Sorten Weihnachtsgebäck auf, die wir am Nachmittag unter der Markise gegessen haben.

»Ich finde, dass Rüdiger gut aussieht«, sagt Axel. »Wenn er schwul ist, ist das doch gut für ihn.«

Ich komme aus dem Takt. Stumm sehe ich zum Hochhausgebirge hinüber. Blumenkästen, Lampions, Wäsche. Balkone, die aussehen, als wären sie aus billigem Wellblech. In einem Vogelkäfig, vielleicht dem, der geputzt wurde, als ich das erste Mal hier gesessen habe, krallt sich ein Wellensittich an die Stange und kaut an den Gitterstäben. Das Parkhaus ist noch immer so schön wie ein Schwimmbad. Irgendwo schimpft jemand. Irgendwo lacht jemand. Irgendwo schrammt ein Auto über den Asphalt und lässt die Zündung knallen. »Ich finde auch, dass Rüdiger gut aussieht.«

Axel hat eine Tüte mit Schaummäusen mitgebracht. Sie sind hart, schmecken aber noch.

»Findest du Radieschen wirklich lecker?«

»Nein. Die sind mir zu scharf.«

»Und warum wolltest du Dr. Lachmann deine Geige geben?«

»Das ist nur eine Leihgeige. Ich spiele ja noch nicht so lange.«

»Willst du denn aufhören?«

»Ich weiß nicht. Vielleicht.«

»Und was willst du stattdessen nehmen?«

»Keine Ahnung.«

»Irgendein Instrument musst du aber spielen.«

»Wieso?«

»Weil wir ein musisches Gymnasium sind.«

Axel schweigt. Nach einer Weile streckt er seine Hand unter dem Regenschirm hervor und macht sie flach. Eine Zeit lang lässt er den Regen auf seinen Handrücken fallen. Dann spannt er die Finger an, bis sie anfangen zu zittern. Seine Hand ist nun ein Schwammtier. Es kann sich das Riff aussuchen, das es besiedeln will. »Ich muss kein Instrument spielen.«

Wir atmen Schaummäuse aus und sehen ins Grau. Ich fische das Hotel Fidelio aus meiner Hosentasche und stecke es Axel heimlich in den Anorak. Plötzlich beginnt seine Nase zu bluten.

»Oh, oh, oh«, sage ich.

»Schon wieder?«, fragt Axel. Er legt seinen Kopf in den Nacken und atmet flach. Ich rolle die Tüte für die Schaummäuse ein und lege sie ihm unter die Nase. Dann übernehme ich den Regenschirm. Axel holt tief Luft, lässt den Kopf nach vorn sinken und presst seine Nasenflügel zusammen. Nach einer Weile kommt die Blutung zum Stillstand.

»Ich habe den halben Nachmittag Primzahlen gezählt«, sagt er, und es klingt, als seien die Worte zu groß für seinen Mund. »Er hat ein Haargummi von ihr im Badezimmer gefunden, obwohl sie nie bei uns in der Wohnung gewohnt hat. Keine Ahnung, wie es da hingekommen ist. Er findet, dass unser Umzug umsonst gewesen ist.«

Die Balkone des Hochhausgebirges starren mich an. Eckige Augen wie Klüfte in einer Felswand. Blicke aus Stein. »Und wollt ihr jetzt noch mal umziehen?«

23

»Was machst du hier?«

»Ich sitze.«

»Im Regen?«

»Kann man sich ja nicht aussuchen.«

»Weinst du?«

»Nein. Das kommt von oben.«

»Warum gehst du nicht rein?«

»Ich war drin. Es stinkt aber zu sehr.«

»Ich meine nicht in die Hütte.«

24

Ich habe Quartett und danach Einzelunterricht, obwohl ich nicht geübt habe. Herr Böhler wirkt niedergeschlagen, als er mich nach tristen Tonleitern mit Lagenwechsel zehn Minuten früher entlässt. Er trägt mir auf, meiner Mutter auszurichten, dass sie ihn bei Gelegenheit anrufen soll. Auf dem Rückweg treffe ich Axels Vater. Er steht am Wehr und sieht aufs Wasser.

»Hallo, Herr Peschke.«

»Julle. Was für ein Zufall.«

»Ich hatte Geige«, sage ich.

»Ja«, sagt Axels Vater, den ich Gerhard nennen soll. Mir fällt auf, dass er in einer Pfütze steht, in der sich die Sonne spiegelt. »Macht dir das denn Spaß?«

»Manchmal«, sage ich. Ich glaube nicht, dass Erwachsene erwarten, dass man bei so was die Wahrheit sagt.

»Axel nimmt Unterricht, damit er auf eure Schule gehen kann. Ohne ein Instrument zu spielen, bekommt man keinen Platz.«

»Es muss aber nicht Geige sein. Klarinette geht auch.«

»Das stimmt«, sagt Gerhard.

»Oder Fagott«, sage ich.

»Klarinetten sind doch diese Instrumente, die wie schnatternde Enten klingen?«

»Ja. Wenn sie rumschimpfen. Wenn sie schlechte Laune haben.«

Eine Zeit lang blicken wir gemeinsam auf den Kanal. Die Enten dort schimpfen nicht. Sie gründeln. Plötzlich schlagen sie mit den Flügeln aufs Wasser und steigen auf. Während sie eine Diagonale übers Wehr fliegen, tropft es aus ihrem Gefieder.

»Kennst du die Drogerie Hillers in der Böckmannstraße?«

»Ja«, sage ich. »Da kaufe ich meine Fotoalben.«

»Willst du mich vielleicht begleiten?«, fragt Gerhard.

Ich folge der Spur, die die nassen Schuhsohlen auf dem Weg machen. Ich erinnere mich, dass ich mir vorgestellt habe, Gerhard wäre nach langem Rumgehen Jesus in der Wüste begegnet. Ich halte es für möglich. Gerhard hat schnelle Beine.

»Wir holen etwas für Axel ab.«

»Wo ist er denn eigentlich?«

»Ich weiß es nicht. Er hat einen Film in meine Kamera eingefädelt und ist verschwunden.«

Gegenüber der Drogerie liegt an einer Straßenecke das Böcki. Es ist ein Lesben- und Schwulencafé, in dem das Homoreferat des AStA Partys veranstaltet, die »Tango Bizarre« heißen. So steht es auf einem Plakat, auf dem Frauen Freddie-Mercury-Schnurrbärte tragen.

Obwohl ich wegen Gerhard nicht genau hinsehen will, entdecke ich, eingezwängt zwischen lauter Leuten, die vor dem Café durcheinanderreden, Felix, den nicht festen Freund meiner Schwester. Er sitzt allein an einem schmalen Tisch und liest ein Buch. Die Lesben und Schwulen um ihn herum tragen Lederjacken und Latzhosen. Er selbst trägt ein Unterhemd mit Batikmuster. Lipót liegt zu seinen Füßen und schläft mit dem Kopf auf den Pfoten. Er scheint nichts zu wittern.

»Ach so«, sage ich, als Gerhard die Tür zur Drogerie öffnet und wir hineingehen.

Zum Glück hat Gerhard mich nicht gehört. Während er seine Taschen durchsucht, fragt er, ob ich weiß, warum Axel seit einigen Tagen einen Schlüssel um den Hals trägt.

»Der ist ein Geschenk von mir.«

»Und wo passt er hinein?«

»Nirgendwo. Den habe ich im Freibad gefunden.«

Gerhard legt einen Zettel mit einer Nummer auf den Verkaufstresen und bekommt von Frau Hillers, nachdem sie eine Weile gesucht hat, einen Umschlag ausgehändigt. Er enthält einen entwickelten Film und einen Stapel Abzüge.

Als wir die Drogerie verlassen, ist Felix verschwunden. Ich sehe mich um, doch er ist fort. Vielleicht hat er nie dort gesessen. Vielleicht habe ich ihn mir nur eingebildet. Vielleicht habe ich mir nur gewünscht, dass er dort sitzt. Er und Lipót, sein ungarischer Hund. Ich erzähle Gerhard, dass ein Freund meiner Schwester, nicht ihr fester, nur einfach ein Freund, den ich auch gut kenne, zum Beispiel nicht Geige, sondern Klarinette spielt.

»Ja«, sagt Gerhard.

»Obwohl er nicht müsste«, sage ich.

Auf dem Parkplatz vorm Hochhausgebirge wird ein Fest gefeiert. Ein paar Leute sitzen um einen Grill. Einer balanciert auf einem Stuhl mit nur drei Beinen. Es gibt Fisch, der am Rost kleben bleibt, und aus einem Eimer Kartoffelsalat. In einem Kinderwagen steht eine Kühltasche. Einige der Leute grüßen mit Bierflaschen, doch Gerhard bewegt sich durch sie hindurch, als existierte er nicht für sie.

Axel öffnet uns. Er riecht klamm nach Feuer. Offenbar war er wieder bei der Hütte. Er scheint sich nicht eine einzige Sekunde darüber zu wundern, dass ich seinen Vater begleite. Fiebrig zieht er uns in die Wohnung.

»Hast du sie bekommen?«, fragt er.

»Ja«, sagt Gerhard und gibt Axel den Umschlag.

In der Wohnung zieht es. Alle Fenster und Türen sind geöffnet. Im Wohnzimmer steht sogar die Balkontür offen. Babette hockt auf dem Sofa in einem Nest aus Wäschestücken. Auf dem Couchtisch steht der kleine Fernsehapparat. Es läuft eine Sendung, es ist aber nicht die *drehscheibe*. Axel schaltet das Gerät aus und stellt es auf den Fußboden. Ich betrachte den Punkt, der weißglühend auf dem Bildschirm zurückbleibt. Axel öffnet den Umschlag und breitet die Fotos auf dem Couchtisch aus.

»Um Himmels willen«, sagt Gerhard und greift nach einem der Fotos. »Das war noch auf dem Film. Das habe ich überhaupt nicht gewusst.« Er betrachtet das Foto, dann legt er es mir in die Hand. Auf der Aufnahme sitzt eine Frau in einem Badeanzug auf einem Baumstumpf. Sie trägt einen Handtuch-Turban. Im Hintergrund erkennt man ein Seeufer und auf der anderen Seite des Sees eine Höhenstraße, auf der sich der Verkehr staut. »Das ist Axels Mutter.« Ich weiß nicht, was ich sagen soll. Ich weiß nicht, was ich mit dem Foto machen soll. Ich weiß nicht einmal, wo ich hinsehen soll. Ich suche nach dem weißen Punkt auf dem Bildschirm. Er ist verglüht. »Susanne«, sagt Gerhard, als müsste ich den Namen von Axels Mutter kennen. »Das war am Titisee. Im Schwarzwald.«

Axel fixiert seinen Vater. »Nicht jetzt, Papa. Bitte.« Er nimmt mir das Foto aus der Hand und steckt es zurück in den Umschlag. Dann geht er in die Knie und ordnet die restlichen Fotos auf dem Tisch.

»Ich habe es gewusst. Ich habe es gewusst. Ich habe es gewusst.«

»Was hast du gewusst?«, fragt Gerhard.

»Guck doch selber.« Axel springt auf, läuft durchs Zimmer und zerrt dabei an dem Freibadschlüssel um seinen Hals.

Gerhard und ich beugen uns über den Tisch. Die Fotos, es sind sieben, zeigen die verbrannte Hütte, annähernd aus der gleichen Perspektive, an unterschiedlichen Tagen, was man am Wetter erkennt. Und sie zeigen, dass Axel die ganze Zeit recht hatte. Ohne jede Diskussion. Die Hütte versinkt im Erdboden. Die Senke sackt ein. Die Bäume neigen sich und werden irgendwann umstürzen.

»Abgefahren«, sage ich, obwohl es eigentlich Axels Wort ist.

»Ich habe es gewusst.« Axel fängt an, im Zimmer aufzuräumen. Er sammelt einzelne Kleidungsstücke vom Boden auf und entleert mehrere volle Aschenbecher in einen Mülleimer auf dem Balkon. Er wischt mit seinem Ärmel über die Fensterbänke. Er nimmt Bücher von einem Bücherstapel und stellt sie ins leere Regal. Babette hebt das rechte Ohr, Gerhard steckt sich eine Mentholzigarette an.

Später hocken wir in Axels Zimmer auf dem Spannteppich. Axel überlegt, dass man den Richard-Zumsa-Steig, die schmale Straße, die von der Straße, die auf »Ring« endet, abzweigt, in Karl-Siebert-Steig umbenennen könnte. Doch schließlich verwirft er den Gedanken. Richard Zumsa habe wahrscheinlich irgendwas entdeckt oder erfunden, Karl Siebert sei offiziell aber nur bei einem Feuer um zwanzig bis dreißig Zentimeter geschrumpft. Alles andere wisse ja niemand. Auch wir würden wahrscheinlich niemals erfahren, was passiert sei. Aber wir wüssten jetzt, dass wir es uns nicht eingebildet hatten.

Ich stelle mir vor, dass Axel und ich gerade denselben Traum träumen. In unserem Traum legt sich Axel auf den Spannteppich und sagt, dass wir vielleicht die ganze Zeit selbst der Hinweis waren und es nur nicht gemerkt haben. Ich lege mich zu ihm. Ein Sonnenrechteck kriecht über die Wand. Es ist acht Minuten alt. »Du darfst nur Frau Walther davon erzählen. Vertrag ist Vertrag.«

25

Am nächsten Morgen fehlt Axel in der Schule. Über seinem Platz schwebt eine Lücke. Meine rechte Seite wird zur Antenne, die im Leeren sucht. Französisch, eine Doppelstunde Erdkunde, Physik, Religion, Orchester bei Herrn Scharnhorst. Während sich die anderen nach der Schule fürs Freibad verabreden, bücke ich mich auf dem Fahrrad extra tief und rase zur Straße, die auf »Ring« endet. Ich klingle bei Peschke, einmal, mehrmals, Sturm, doch niemand macht auf. Ich überlege, ob ich bei Raschke, Wollgast oder Ünlü klingeln soll. In dem Moment öffnet sich die Tür. Der Junge, der neulich einen Fluch in einen Kronkorken gezeichnet hat, kommt heraus. Ich begrüße ihn, doch er erkennt mich nicht. Die Tür knallt gegen meinen Fuß.

Als ich oben an der Wohnungstür klingle, bleibt die Klingel stumm. Vielleicht kann ich nichts mehr hören. Vielleicht bin ich im Fahrstuhl taub geworden. Vielleicht hat das Verliebtsein meinen Körper kaputtgemacht. Ich klopfe gegen die Tür. Es hallt korallenrot durch den abwaschbaren Flur. Dann wird es wieder still. Ich stehe mitten in einem Hochhausgebirge und weiß nicht, was ich tun soll. Eher zufällig entdecke ich, dass vor Schlucki, dem Müllschlucker, ein schwarzer Müllbeutel liegt, zu groß, um durch die Klappe zu passen. Darunter, zwischen zerrissenen Papieren, liegen Karl Sieberts Röntgenbilder. Ich gehe sie durch. Sie sind vollzählig. Nur der unscharfe Daumen fehlt.

Der Junge von vorhin sucht im Rasen zwischen den Hochhäusern nach Kronkorken. Er trägt eine Weste mit unverständlichen Aufnähern und nichts darunter. Er ist auch nur eine Puppe aus zusammengehakten Stäben. Ich setze mich auf die Begrenzung um das Bodendeckerbeet und rufe ihm zu: »Malst du in die auch deine Sterne rein?«

Der Junge richtet sich auf. Einen Augenblick starrt er mich an, dann steckt er die bereits gesammelten Kronkorken in die Brusttasche seiner Weste und kommt langsam auf mich zu. Dabei ballt er die Fäuste. Es sieht ein bisschen albern aus. »Wie bitte?«, fragt er. Ich habe vergessen, wie tief seine Stimme ist.

»Deine Sterne. Ob du die wieder in die Bierdinger malst«, sage ich und denke, ätzende Schimpfwörter vorsagen und immer auf die Nase zielen. »Ist aber eigentlich nicht so wichtig.«

»Ich zeichne keine Sterne, du Insekt. Sondern ein Pentagramm. Ein Höllentor, in dem der Baphomet hockt, mit behaarten Brüsten.«

Plötzlich weiß ich, wo ich hinmuss.

Die Hütte ist seit dem letzten Foto ein paar Zentimeter tiefer eingesunken. Ich laufe um sie herum. Ich rufe, ich klatsche in die Hände, ich scharre auf dem Boden, ich stochere im Unterholz, ich rüttle am Kunstledersofa. Ich sehe sogar unter den Polstern nach. Von Axel keine Spur. Schließlich betrete ich zum ersten Mal, seitdem wir sie entdeckt haben, das Innere von Karl Sieberts Hütte. Es stinkt nach Schimmel, Rauch und Moder. Irgendwas brennt in meiner Nase. Ich brauche einen Moment, bis ich die verkohlte Einrichtung erkennen kann. Auf einem Regal ist eine Schüssel zu einer Pfütze geschmolzen. Auf einem Tisch steht ein übervoller Aschenbecher. Während ich darüber nachdenke, dass der nun nicht mehr nötig ist, entdecke ich auf einem verschmorten Stück Teppich in einer Ecke der Hütte einen mittelgroßen Pappkarton, größer als ein Schuhkarton, aber kleiner als eine Umzugskiste. In dem Karton raschelt es. Ich brauche etwas, bis ich mich traue, dann lege ich ein Ohr auf eines der Löcher, die in den Deckel geschnitten sind, und lausche. Das Rascheln nimmt zu. Vorsichtig klappe ich die Deckelhälften auf. Babette blinzelt mich an. Ihre Ohren liegen flach auf ihrem Rücken. »Hallo«, sage ich. Ich streiche über ihre Nase, dann trage ich den Karton aus der Hütte und stelle ihn vorm Eingang ins Gras. Babette schnüffelt. Ich halte ihr einen Grashalm vors Gesicht. Sie stellt ihre Ohren auf und beginnt zu mümmeln. Sie sieht süß aus. Auf dem Karton steht eine Nachricht.

Ich weiß, dass du in mich verliebt bist. Tut mir leid.
Kannst du Frau Walther vielleicht fragen,
ob sie sich um das Kaninchen kümmern kann?

26

Axel ist auch nach den Sommerferien nicht zurückgekehrt. Dr. Lachmann hat jede Auskunft verweigert, obwohl Rüdiger, Guido und ich ziemlich oft nachgefragt haben. Vielleicht will er nicht. Vielleicht darf er nicht. Vielleicht weiß er von nichts. Vielleicht hängt er aber auch in der Sache mit drin. Ich würde ihm gerne das Artefakt zeigen, den suspekten Schatten, doch Axel hat den unscharfen Daumen mitgenommen. Monique aus der Parallelklasse hat Dr. Lachmann auch gefragt. Seit die Schule wieder angefangen hat, ist sie Guidos feste Freundin.

Ich habe Babette noch am selben Tag, als ich sie gefunden habe, zu Frau Walther gebracht. Sie hat den hinteren Teil ihres Gartens sofort zum Kaninchengehege erklärt. Bevor sie Babette auf den Rasen gesetzt hat, hat sie ihr etwas ins Ohr geflüstert. Ich habe Frau Walther gefragt, ob sie glaube, dass Axel versehentlich in die Hölle gekommen sei. Die Senke, in der Karl Sieberts Hütte inzwischen fast zur Hälfte versunken ist, sei vielleicht so etwas wie ein Pfuhl, ein geheimer Eingang zur Finsternis, in dem der

Dämon hause wie in einem Nest aus Feuer und Schwefel, und zwar von Ewigkeit zu Ewigkeit.

»Dein Freund ist nicht in der Hölle, Jung.«

»Und warum nicht?«

»Weil er nicht böse ist. So einfach ist das.«

Obwohl der Gips längst ab ist, besuche ich Frau Walther immer noch mindestens einmal in der Woche. Wenn Felix mich begleitet, muss Lipót draußen am Rhododendron warten. Er würde Babette totbeißen.

Zum Glück musste ich im Urlaub nicht zur Weinprobe mit. Ich durfte bei meiner Oma Koblenz auf dem Sofa sitzen und vor mich hin heulen. Sie ist zwar nicht so klug wie Frau Walther, aber sie hat mich trotzdem machen lassen, ohne allzu viel zu fragen. Später, irgendwo auf einem einsamen Berg in den Pyrenäen, hat mein Vater gesagt, ich solle mich nicht so haben mit meinem schwul und tragisch und unverstanden. »Glaubst du wirklich, ich bin überrascht? Meinst du nicht, dass ich dich ein bisschen besser kenne? Und denkst du im Ernst, ich würde erwarten, dass du so wirst wie ich? Mich gibt es bereits. Du musst schon selbst jemand werden. Ich helfe dir dabei, weil ich dich liebe. Und wenn es was zu heulen gibt, gehst du zu deiner Mutter. Kapiert?« Ein paar Tage nachdem wir zurück waren, haben wir bei Radio König *A Night At The Opera* von Queen besorgt. Ich darf die Platte aber nur auf dem Plattenspieler meiner Schwester hören, auf keinen Fall auf dem meiner Eltern im Wohnzimmer. Meine Schwester hat in den Ferien wegen Benjamins Familie ein Buch über Jesus als Freimaurer gelesen. Hat sie nicht überzeugt. Irgendein Präsident wurde entführt. Und dann hatte meine Mutter eine Idee, die ich zunächst extrem bescheuert fand. Sie ist mit mir auf den Friedhof gegangen. Wir haben auf dem Grab von Axels Mutter ein paar Bodendecker gepflanzt. Dann haben wir uns in Bereich 403 auf eine Bank gesetzt und Biskuitrolle gegessen. Ich habe meiner Mutter von Susannes Turban erzählt und von Axels Mütze im Winter. Und noch von ein paar anderen wichtigen Dingen.

Andi war auf einer Art Kur und will jetzt mit Fagott aufhören. Er sagt, er findet es gut, dass ich schwul bin. Als ich ihn gefragt habe, warum, hat er gesagt, ich soll nicht denken, dass er es schlecht findet. Mir egal. Ich bin nicht mehr mit ihm befreundet. Dafür habe ich mich mit Jörg angefreundet, nicht besonders eng, aber immerhin. Wir treffen uns manchmal hinter der Aula, unterhalten uns oder üben, wie man sich wehrt. Er hat mir erzählt, dass ein Oktopus neun Gehirne hat. Dorothea ist, seitdem Matthias ihr Fahrrad repariert hat, mit ihm zusammen und findet die Jungs aus der Parallelklasse sowieso viel besser. Rüdiger und ich sind leider nicht ineinander verliebt. Wir haben uns zwar einmal gegenseitig unsere Dinger gezeigt, aber mehr ist nicht daraus geworden. Er sitzt noch immer neben mir und ist inzwischen mein bester Freund. Fallerbahn spielen wir aber nicht mehr.

Ich habe Axel Peschke einunddreißig Tage lang gekannt. Das sind 744 Stunden oder 44 640 Minuten oder 2 678 400 Sekunden oder ein ganzes Leben.